내 얼굴이 인생이다

도서출판 **더 로드**
The Road Books

내 얼굴이 인생이다

초판인쇄	2017년 11월 20일
초판발행	2017년 11월 27일
지은이	허윤숙
발행인	조현수
펴낸곳	도서출판 더로드
마케팅	최관호 최문순 신성웅
편집교열	맹인남
디자인 디렉터	오종국 Design CREO
ADD	경기도 고양시 일산동구 백석2동 1301-2 넥스빌오피스텔 704호
전화	031-925-5366~7
팩스	031-925-5368
이메일	provence70@naver.com
등록번호	제2015-000135호
등록	2015년 06월 18일
ISBN	979-11-87340-59-1-03810

정가 15,000원

인상을 알면 그 사람이 보인다

내
얼굴이 인생이다

허윤숙 지음

"이제 인상을 관리하는 노력을 하자"

이 책을 통해 자신의 얼굴을 되돌아보고,
더 이상 나쁜 것들을 얼굴에 쌓아두지 말기를 바란다. 앞으로는 노후를 대비해서
금전적인 저축만 할 것이 아니라 좋은 인상을 저축하면 좋겠다.

우리는 하루에도 수십 명의 사람을 대한다. 언뜻 스치는 사람까지 치면 수백 명도 넘을 것이다. 그 중에서 인상 깊은 얼굴이 있었는가? 우리는 인상을 쓴다거나 무심한 표정을 보면 상처를 받는다. 반대로 한 번 보면 잊히지 않는, 좋은 인상을 가진 사람이 있다. 그런 사람은 표정만으로도 상대방에게 위로가 된다. 이처럼 얼굴은 많은 것을 담고 있으며 많은 것을 드러내는 법이다. 사람을 볼 줄 안다는 것은 얼굴을 볼 줄 안다는 것이다. 그리고 사람을 볼 줄 알면 사는 게 훨씬 편해진다. 무슨 일을 하던 실패가 적고, 인복을 챙길 수가 있으니 말이다.

나는 몇 년 전까지 상해에서 사업을 했다. 그 때는 언어소통이 힘들

었던 것은 물론 사람들 마음속을 알 수가 없었다. 중국인들은 대부분 속을 드러내지 않기 때문이었다. 또한 법과 문화가 달라 순전히 내 육감에 의존하거나 스스로 논리를 세워 일을 해결해 나갔다. 그 과정에서 사람을 보는 눈이 발달한 것 같다. 어느 순간부터는 사람이 두렵지 않았다. 피해야 할 사람은 적당히 거리를 두면 되었고, 좋은 사람과는 친하게 지내면 되었다. 나중에 한국에 돌아왔을 땐 인간관계가 전보다 쉽게 느껴졌다. 언어와 문화가 통한다는 건 신나는 일이었다.

　사람을 만날 때 우리는 인상을 먼저 파악한다. 좋은 인상인가? 나쁜 인상인가? 좋은 인상을 가까이 하는 건 본능인 것 같다. 그런데 '내 인상은 어떤가?' 하면서 돌아보는 일은 드문 것 같다. 더 나아가 몸매나 피부를 관리하듯이 '인상을 관리' 하는 사람은 찾아보기 힘들다. 같은 공간에 몸매나 피부가 안 좋은 사람과 같이 있는 것은 견딜 수 있지만, 인상이 나쁜 사람과 같이 있는 건 몹시 불편 한데 말이다.

　나는 젊은 시절 인상이 별로 좋지 않았다. 그래서 '40대 이후에는 얼굴에 책임을 져야 한다' 는 말이 민감하게 들렸고, 나를 초조하게 만들었다. 중년 이후 내 얼굴이 험상궂게 변해서 사람들이 나를 멀리하는 건 아닐까? 하는 걱정을 했다. 그래서 여유 있는 마음가짐을 가지려고 노력했고, 되도록 낙천적으로 살려고 했다. 그 결과 지금은 편안한 인상이 되었다. 인상이 좋은 사람이 되기 위해 가장 효과를 본 것은 '표정 따라하기'였다.

나는 한 여배우에게 빚이 있다. 그녀의 표정을 도둑질했기 때문이다. 저작권 개념을 적용한다면 큰 빚을 진 셈이다. 그녀의 이름은 오드리 햅번이다. 나는 중학생 시절 오드리 햅번을 처음 보았다. 〈로마의 휴일〉이라는 영화였다. 그 영화에서 트래비 분수 위를 폴짝 폴짝 뛰어다니던 아름다운 여배우에게 나는 홀딱 빠져버렸다. 그녀는 마치 현실의 공주가 영화에 잠시 출연한 것 같은 품위가 있었다. 품위 말고도 다른 것들이 나를 사로잡기에 충분했다.

그래서 그녀의 사진을 매일 보면서 표정을 따라하게 되었다. 그녀의 매력까지 다 가져올 욕심으로 말이다. 그리고 나중에는 얼굴뿐만이 아니라 그녀의 봉사까지 따라하게 되었다. 그러자 언젠가부터 인상이 좋다는 말을 듣기 시작했다. "얼굴이 편안하게 생겼다"는 둥, "얼굴이 어디서 많이 본 것 같다"는 둥, 젊은 시절에는 들어보지 못한 말들이었다. '오드리 햅번 따라하기 효과'가 오랜 시간에 걸쳐 이루어진 게 아닌가 한다.

간혹 오드리 햅번을 진짜로 닮은 사람을 본다. 그러나 그건 단지 생김새가 닮았다는 뜻일 뿐, 생김새를 뛰어 넘어 노력으로 만들어가는 영역이 더 중요하다. 즉 자기가 살아온 인생이 표정에 나타나고 인상으로 자리를 잡는다. '인상을 본다'는 말은 한 사람이 살아 온 세월을 한 번에 엿보는 셈이 된다.

　인상은 주로 표정으로 드러난다. 사람들의 표정을 관찰하려면 전철역으로 가면 된다. 특히 전철 에스컬레이터를 타면 현대인들의 얼굴 표정을 적나라하게, 파노라마처럼 감상할 수가 있다. 에스컬레이터를 아래에서 위로 오르면서 보라. 위에서 내려오는 사람들의 표정이 나에게 천천히 클로즈업 될 것이다. 이 때 그들의 표정을 보면 거의 예외 없이 화난 표정들이다. 혹은 핸드폰에 머리를 숙이고 있을 것이다.

　우리나라가 당장 먹고 사는 데만 급급하던 시절이 있었다. 그 때는 표정이 어떻고 인상이 어떻고 하는 말이 사치처럼 보였다. 내일 달콤한 마시멜로를 먹기 위해 쓴 나물을 먹던 사람들, 그들에게 인상 좀 펴라고 하면 욕을 했을지도 모른다. 그런데 미래의 마시멜로를 위해 현재의 행복을 포기하는 게 과연 옳은 일일까? 내일 당장 죽을지도 모르는데 말이다. 이제 발상을 전환해보면 어떨까? '지금! 바로! 행복하자'로 말이다.

　우리나라에는 지금 새로운 패러다임이 필요하다. 명문대나 대기업에 가지 않아도 행복할 수 있다는 생각, 큰 부자가 아니어도 가족과 행복하게 보내는 시간을 중요하게 여기는 생각 말이다. 모든 사람이 각자의 삶의 방식으로 살아가는 게 당연한 사회가 되었으면 좋겠다. 그러면 사람들의 표정이 밝아지고 인상이 좋아질 것이다. 그래서 전철 에스컬레이터를 오르내리는 사람들이 '오늘 하루도 참 행복하네요' 하면서 활짝 미소 지을 수 있으면 좋겠다.

사람들이 웃지 않는 이유가 뭘까? 별로 기쁜 일이 없어서일 것이다. 조급함과 비교의식이 원인인 것 같다. 빨리 무언가 이루어야 한다는 압박감이 마음속에 있다 보니 편안히 쉬는 시간조차 불안해한다. 또 자신의 삶을 남과 비교하여 자신이 더 못하다는 생각이 들면 마음이 조급해진다. 늘 1등만 추구하고 한 줄을 세워 비교하는 습관이 우리사 회에 뿌리깊이 박혀있는 것이다.

이제는 바뀌어야 한다. 자신이 남과 다르다는 것에 불안해하지 말 고, 꼭 1등이 아니어도 행복할 수 있다는 의식이 자리를 잡아야 한다. 그러려면 인기직종에만 몰리는 일이 없어져야 하고 일상의 작은 행복 을 중시하는 문화가 자리 잡아야 한다.

그 결과 더 이상 거리에 이유 없이 화난 인상을 하고 다니는 사람들 이 없어졌으면 좋겠다. 다들 눈이 마주치면 환하게 웃으면서 가볍게 눈인사라도 나누면 좋겠다. 웃음은 전염효과가 크다. 서로의 웃는 얼 굴을 보면서 같이 웃는 것이다. 그로 인한 밝은 기운은 나비효과를 일 으켜서 사회 전체가 행복해지는 결과를 가져올 것이다.

나는 10대 청소년들이 이 책을 보면서 미래를 그려보았으면 한다. 자신이 원하는 얼굴을 미리 정해 놓고 그에 맞추어 지금부터 '멋진 인생 네비게이션'을 장착하길 바란다. 2, 30대는 이 책을 통해 사람을 제대로 알아 볼 수 있게 되길 바란다. 사회생활에서 인간관계가 차지하는 비중은 크다. 당연한 이야기지만 사람을 잘 알아볼 줄 알아야 인간관계가 원만하다.

중 장년층은 이 책을 통해 자신의 얼굴을 되돌아보고, 더 이상 나쁜 것들을 얼굴에 쌓아두지 말기를 바란다. 앞으로는 노후를 대비해서 금전적인 저축만 할 것이 아니라 좋은 인상을 저축하면 좋겠다. 그래서 부디 죽는 순간 아름다운 얼굴로 '후회 없는 인생이었다'고 말하길 바란다.

2017년 11월

저자 **허윤숙**

Contents | 목 차

[제1장]

왜 내 인생이
내 맘대로 안 될까?

인생에 있어서 가장 중요한 일 중 하나가 결혼이다. 그 결혼 상대를 고르는 데 있어서 사람 보는 눈이 없으면 어떻게 될까? 금전적 손해를 보는 것은 회복이 가능하다. 또 직원을 잘 못 뽑으면 다음에 잘 뽑으면 된다. 그런데 결혼상대를 잘 못 선택하면 평생 후회하는 것이다.

01

왜, 내 인생이 내 맘대로 안 될까?

"이 세상에서 내 인생에 맞는 운은 딱 하나다.
간혹 공장에서 나의 운을 만들어 택배로 배달해주길 기다리는 사람들이 있다.
내 인생이 내 맘대로 안 된다고 투덜거리지 말자.
지금 일이 안 풀린다면 오히려 다른 길이 더 좋을 수도 있다."

한 밤중이었다. 자려고 누었는데 고등학생
인 딸아이가 도와달라고 했다. 콘테스트에 응모할 동영상을 만들고 있
는데 내레이션을 해달라고 한다. 언젠가 내가 뉴스 앵커우면 멘트를
따라 한 적이 있었는데 그걸 보고 잘 한다고 느꼈나보다. 나는 몹시 피
곤했지만 급하다고 해서 몇 시간에 걸쳐 녹음을 해주었다. 그런데 우
리 딸이 하는 말,

"엄마, 사실은 이거 원래 후배가 한다고 했었거든. 내일 그 후배도
녹음해보고 동아리 멤버들이랑 회의해서 더 잘한 걸로 쓸게."

'뭐라고? 한 밤중에 목이 쉬도록 녹음을 했는데 1대 2경쟁이었다
고? 그것도 나랑 35년 나이 차이가 나는 후배랑?'

난 그 와중에 내가 떨어질까 봐 노심초사했다. 다음날 동아리 회의

를 통해 내 목소리로 쓰기로 했다는 말을 듣고 얼마나 기뻤는지 모른다. 그리고 그 동영상은 'ucc 콘테스트'에서 인기상을 받았다. 동영상 내레이션을 두고 다들 전문 아나운서가 녹음해준 것 같다고 말했다고 한다. 사실 젊었을 때 나의 꿈은 아나운서였다. 비록 아나운서는 못 되었지만 내 꿈이 모두 공중으로 분해된 것은 아니구나 싶었다. 이 일은 우리 딸을 친구들 앞에서 으쓱하게 해주었다.

내가 20대였던 시절이 떠오른다. 당시 서점에는 온통 성공에 대한 이야기로 넘쳐났고, 나는 그 '성공 사다리'로 아나운서라는 직업을 선택했다. 언론인으로서의 사명감이 있었다기보다는 직업에 대한 허영심이 작용한 것 같다. 그러나 그 꿈은 여러모로 이루기가 어려웠다. 당시엔 케이블방송국도 없었다. 방송 2사(S방송국은 그 무렵 생겼다)에서 1년에 한번 뽑는 공채 모집이 다였고, 그나마 M방송국은 2, 3년에 한 번씩 아나운서를 모집했다.

자연히 여대생들에게 선망의 직업인 아나운서는 경쟁률이 1000대 1이나 되었다. 설상가상으로 나중에 위헌 결정이 나서 철폐된 '만 24세'라는 응시 나이 제한까지 있었다. 인터넷도 없던 시절 TV 화면 밑으로 빨리 지나가는 모집공고를 못 보면, 1년 뒤로 기회가 넘어가곤 했다. 그렇다고 텔레비전만 쳐다보면서 살 수는 없었다.

모든 장애물을 뚫고 나에게는 단 한 번의 응시 기회가 있었다. K방송국 입사 시험이었다. 그리고 당당히 1차 실기시험에 합격했다. 그러나 슬프게도 2차에서 떨어지고 말았는데 그 때의 절망감은 이루 말할 수가 없었다. 단 한 번의 기회를 날려버린 나 자신이 한심하고 무능해 보였다. 그 뒤로 나는 오랫동안 직업적인 문제로 방황했다. 그런데 최근 딸아이의 동영상 내레이션을 해주면서 이런 생각이 들었다.

'그깟 아나운서가 안 되면 어때? 딸에게 자랑스러운 엄마가 되었는데 말이야. 이것보다 더 소중한 게 있을까?' 나는 결국 아나운서는 못 되었지만 내가 아나운서가 되려고 공부했던 국어, 영어나 상식 등은 다른 기회가 왔을 때 활용할 수 있었다. 그리고 꿈을 이루기 위해 노력하는 습관은 나를 열정적으로 살게 하는 밑거름이 되었다. 적어도 '노력'에 낭비는 없었던 셈이다.

누구나 젊을 때는 자유롭게 꿈을 꾼다. 그러나 그 꿈을 완벽하게 이루는 건 불가능에 가까울지 모르겠다. 예를 들어 나처럼 아나운서를 꿈꾸다 시험에 떨어진 999명은 어떻게 되는 것일까? 극소수만 합격되는 시험에 사람들이 몰리면 많은 낙오자들을 낳는다. 하지만 방송국 뉴스 데스크 위가 아니면 어떤가? 내 주위엔 내가 아나운서처럼 교양 있게 말하면 좋아할 사람들이 많다. 50세가 넘도록 현실에 없는 우아한 여자를 로망으로 삼고 있는 우리 남편부터 말이다. 그 갈망을 내가 조금이라도 채워줄 수 있다면 아나운서가 되기 위해 멘트 연습을 한 덕분이 아닐까? 내 꿈은 장소와 형태만 바뀌어 내가 사랑하는 사람들에게 쓰이고 있다.

최초의 꿈을 이루지 못 하면 실패한 인생이라고 생각하는 경향이 있다. 그런데 어렸을 때의 꿈을 생각해보자. 남자아이들의 소원을 들어주려면 1년에 대통령이 수천 명은 나와야 한다. 예전에는 어릴 때부터 부모님에게 세뇌당한 많은 남자아이들이 대통령이 되겠다고 했었기 때문이다. 부모님의 영향을 덜 받은 아이들의 '소방관 아저씨' 꿈은 어떤가? 그들이 모두 소방관이 될 수만 있다면 요즘의 '소방관 과로사' 는 다른 나라 얘기가 될 것이다.

누구나 돈을 많이 벌고 명예가 있는 직업을 꿈꾼다. 그러나 '직업=꿈' 이라는 공식은 많은 실패자를 만들어낸다. 꿈이 바뀌는 걸 실패자라 여기는 것이다. 최초의 꿈을 이루지 못 했더라도 꿈을 이루기 위한 과정에서 가슴이 설레고 노력한 것으로 얻는 것들이 있다. 그 꿈보다 자신에게 더 잘 맞는 게 있다는 것을 나중에 깨달을 수도 있다. 적어도 몇 가지 인기 직업에 모든 사람들이 올 인하는 일은 없어져야 한다.

직업이 아닌 것으로 자신의 꿈을 표현하는 사람들이 생겨나고 있다. 예를 들어, '가족과 소소한 일상을 즐기며 행복하게 사는 것' 이나 '남을 도우면서 사는 것' 과 같이 말이다. 사회 전반적으로도 '욜로 족' 이나 '휘게 족' 등 소소한 일상을 중시하는 분위기가 만들어지고 있다. 이제 우리나라도 '어떤 직업'이 아니라, '어떻게 사느냐'를 생각하기 시작한 것이다. 인기 직업을 가져도 불행할 수 있고 돈이 많아도 자살할 수 있다. 하지만 자신만의 인생 방식을 계발한 사람들은 결코 불행하지 않다.

요즘은 생산자와 소비자가 뚜렷이 구분되지 않는 경향이 있는데 인생에 있어서 '운'도 마찬가지다. 우리는 '운'을 벌어서 쓰는 '운 프로슈머'가 되어야 한다. 내가 만들면서 동시에 쓰는 것이다. 이 세상에서 내 인생에 맞는 운은 딱 하나다. 간혹 공장에서 나의 운을 만들어서 택배로 배달해주길 기다리는 사람들이 있다. 내 인생이 내 맘대로 안 된다고 투덜거리지 말자. 지금 일이 안 풀리는가? 오히려 다른 길이 더 좋을 수도 있다.

김태광 작가는 20대 때부터 책을 써왔다. 처음엔 시인이 목표였지만 유명한 시인이 되지는 못했다. 하지만 다른 사람이 책을 쓰도록 돕는 일에 자신의 능력이 있다는 것을 알게 되었다. 결국 그 일로 부와 명예를 얻어서 행복한 인생을 살게 되었다. 그가 지금까지 시인이 되는 것에만 매달렸다면 어떻게 되었을까? 가난에 찌들려 살면서 결국 생계를 위해 다른 일을 해야 했을 것이다. 그러나 차선책을 택하면서 모든 게 여유로워진 지금, 여러 가지 책을 쓰면서 시집도 내고 있다.

유명 연예기획사 대표의 경우도 그렇다. 그 회사 대표는 원래 가수로 데뷔했었다. 그런데 그가 노래를 부르면 사람들이 채널을 돌렸었다. "저런 얼굴에 저런 가창력으로 가수를 하다니" 하면서 사람들은 다들 자기보다 그가 노래를 더 못한다고 했다. 그런데 그는 지금 사업가로 승승장구하고 있다. 처음부터 기획사 사장이 목표는 아니었을지 모른다. 하지만 지금은 '한류'를 이끌어가는 주역이 되었다. 처음의 목표만 고집했다면 절대로 이루지 못했을 일이다. 우리나라는 한류열풍이 조금 늦어졌을지도 모른다.

나는 아나운서의 꿈을 이루지 못한 것에 대해서 미련이 없다. 전엔 아나운서가 언론인에 가까웠지만 지금은 연예인에 가깝다. 만약 아나운서가 되었다 해도 견디지 못했을 것이다. 대신 교사, 사업가, 디자이너, 건축기사 등 다양한 직업을 경험해왔고 현재 나는 작가로 살고 있다. 작가에겐 다양한 삶의 경험이 필요하다. 자연히 책에 쓸 내용이 무궁무진하다. 인생을 낭비한 것처럼 보이지만, 결과적으로 나에게 가장 적합한 직업을 찾은 것이다.

혹시 '나도 할 만큼은 했는데', '왜 나만 이렇게 살까' 하고 생각하지는 않는가? 지금 머리 위의 하늘을 보자. 하늘에는 수많은 별들이 있다. 별이 있다는 것을 믿기만 하면 말이다. 지금 되는 일이 없는가?

그 일은 나에게 '최선'이 아닐지 모른다. 반드시 더 좋은 방법이 있을 것이다. '내 인생이 내 맘대로 되어가게 할 방법'이 말이다.

02

얼굴을 알면 인생이 바뀐다

"남에게 잘 속는 사람들은 다 이유가 있다.
사람을 볼 줄 모르기 때문이다. 얼굴이 우리에게 주는 수많은 정보를
읽을 줄 안다면 시행착오를 줄일 수 있으며, 나에게 해로운 사람을 피하면
에너지를 쓸데없이 낭비하지 않게 된다."

얼굴을 딱 한 번만 보고도 그 사람에 대해 정확히 알아내는 사람이 있다. 관상을 볼 줄 아는 사람은 말할 것도 없고, 대체로 사람을 많이 상대하는 직업을 가진 사람들이 그렇다. 직업이라는 '창'을 통해 사람을 파악하는 것이다. 구두를 파는 사람은 구두의 종류와 구두의 상태에 따라 그 사람의 직업이나 소득을 파악한다. 비교적 나는 여러 직업을 거쳐 왔고, 덕분에 다양한 창을 통해서 사람을 본다. 외국에서 사업을 할 때는 특별히 사람을 보는 일이 중요했다. 법도 다르고, 말도 안 통하는 남의 나라이니 말이다. 항상 지뢰밭을 걷는 느낌이 들었다.

상해에서 사업을 할 때 한 번은 중국의 A시에서 연락이 왔다. 그곳은 '세계의 공장'이라고 하는 곳이다. 질 낮은 중국 공산품은 모두 그

곳에서 생산된다고 해도 과언이 아니다. 거리도 멀리 떨어져 있는 그곳에서 어떻게 우리 회사를 알았는지 신기했다. 궁금해서 이것저것 물어보았더니 한국 사람이 소개시켜 주었다고 했다. 나중에 그 사람을 수소문해보니 모르는 사람이었다. 우리도 모르는 사람이 우리 회사를 소개시켜 주었다는 것이 수상했다.

여러 가지로 의심스러웠지만 우리 회사에 대해 자세히 알고 있어 마음이 해이해졌다. 그래서 직원들을 데리고 가서 미팅을 했다. 대단위 규모의 아파트 모델하우스를 꾸며달라는 것이었다. 직원들도 파견해주면 좋겠다고 해서 우리 회사 직원들을 서너 명 상주시켰다. 그런데 점점 수상한 점들이 발견되기 시작했다.

결론부터 말하자면 우리 회사를 앞세워 분양사기를 치려고 했던 것이다. 다행히 빨리 알아채서 발을 뺐는데 그런 사기에 당한 한국인이 많았던 모양이다. 내가 낌새를 알아챈 과정은 단순하다. 사장이 만나는 주변 사람들을 자세히 관찰하기 시작했던 것이다. 평소 사람을 잘 알아본다고 하는 나도 그 젊은 사장에게서는 헷갈리는 점이 있었다. 대단하다 싶을 정도로 머리가 잘 돌아가서 말이다. 그런데 주변 사람들을 만나보고 거짓말이라는 것을 알아챘다. 얼굴들이 하나같이 탁했던 것이다.

그 뒤로 이런 유형의 사람들만 보면 피하기 위해서 나름대로 사람 보는 기준을 세웠는데 다음과 같다.

첫째, 처음 보자마자 이유를 불문하고 상대방을 치켜세운다. 둘째, 입은 웃고 있는데 눈은 웃지 않는다. 셋째, 상대방의 말은 듣는 둥 마는 둥 하며 자기말만 늘어놓는다. 넷째, 이 세상에 안 되는 일이 하나도 없는 것처럼 말한다. 다섯째, 가정에 소홀하며 매일 술 약속을 잡는다. 여섯째, 얼굴이 너무 탁하고 표정이 읽히지 않는다.

이런 것은 추상적이라 애매한 부분이 있다. 하지만 사람은 얼굴과 행동으로 모든 것을 드러낸다. 그렇다면 사업을 하지 않는 사람은 사람 얼굴을 볼 줄 몰라도 될까? 젊은 사람들이 결혼상대자를 구할 때 꼭 보아야 할 것이 있다. 직업이나 재물 운은 앞으로 변할 수 있다. 하지만 심성은 잘 변하지 않는다. 즉 심성을 보아야 하는데 얼굴에 거의 다 드러난다.

초등학교 교사인 L양이 몇 년 전 나에게 부탁을 했다. 남자를 소개받았는데 얼굴만 보고 어떤 사람인지 알 수 있느냐고 말이다. 자신과 결혼하자고 하는데 만난 지 한 달 밖에 안 되어서 너무 성급한 성격인 것 같다는 것이다. 그래서 사진을 보자고 했다. 얼굴을 보니 우직하게 생겼고 절대로 성급한 성격이 아니었다. 그래서 혹시 경상도 쪽 사람이냐고 했다. 그랬더니 부산에서 고등학교까지 나왔다고 한다. 내가 말했다. "전형적인 부산 사나이네. 인상이 딱 그래. 그리고 여자를 사귀어 본 적이 없어 보여. 눈매가 순진한 걸? 한 눈에 반해서 놓칠까봐 서두르는 거야."

L양은 내말을 듣자 안심이 된다고 했다. 그리고 서너 달 뒤 결혼을 하더니 아이 둘을 낳고 잘 살고 있다. 얼마 전 전화통화를 했는데 그때 내가 사진만 보고 해준 말이 어찜 그렇게 딱 맞는지 모르겠단다. 실제로 자기를 만나기 전에는 여자를 사귀어 본 적이 한 번도 없었단다. 워낙 성실한 남자라 결혼을 잘 했다고 느끼며, 나에게 진심으로 고맙다고 했다.

인생에 있어서 가장 중요한 일 중 하나가 결혼이다. 그 결혼 상대를 고르는 데 있어서 사람 보는 눈이 없으면 어떻게 될까? 금전적 손해를 보는 것은 회복이 가능하다. 또 직원을 잘 못 뽑으면 다음에 잘 뽑으면 된다. 그런데 결혼상대를 잘 못 선택하면 평생 후회하는 것이다. 이혼율이 높아지는 것도 어느 정도는 사람 보는 눈이 부족해서 생기는 현상이다. 겉으로 보이는 스펙이나 막연히 느낌이 좋아서 결혼하고 후회하는 경우를 많이 본다. 이처럼 모든 경우에 있어서 사람 보는 눈을 키워야 한다.

나는 해외에서 언어도 잘 통하지 않는 상태에서 직원을 뽑고 비즈니스를 해야 했다. 그 과정에서 사람을 보는 나만의 방법이 생겼다. 그리고 다음과 같은 사람은 반드시 피하게 되었다.

첫째, 눈동자가 탁한 사람이다. 눈을 보면 그 사람의 심성이 보인다. 일단 맑아야 한다. 심성이 맑은 사람은 밤샘 작업을 해서 충혈이 되었더라도 눈동자의 맑은 기는 살아있다.

둘째, 말을 할 때 상대방을 제대로 쳐다볼 수 있어야 한다. 속으로 숨기는 게 많은 사람은 사람을 힐끔거리면서 보는 게 습관이 들어 있다. 쑥스러워서 얼굴을 못 쳐다보는 사람이 있는데 이것과는 다르다.

셋째, 말을 할 때나 웃을 때 비대칭으로 한 쪽이 올라가는 사람이 있다. 마치 비웃는 것처럼 말이다. 얼굴에 상처가 있거나 구강에 무슨 문제가 있거나 할 경우도 있는데 대체로 부정적인 성향이 강하다.

넷째, 눈과 입이 전체적으로 X자 형태를 그리는 사람은 곁에도 가지 말아야 한다. 즉 눈 꼬리는 위로 치솟고 입 꼬리는 아래로 향하는 경우다. 요즘은 입 꼬리를 위로 올리는 시술도 한다고 하는데 심각하게 입이 아래를 향하는 경우 해볼 만하다. 또 눈이 위로 향하는 경우는 말할 필요도 없이 고지식하고 사나워 보인다. 반대로 눈 꼬리가 아래를 향하고 입 꼬리는 위로 향하는 경우 옆에만 있어도 긍정 에너지가 넘쳐난다.

다섯째, 피부가 전체적으로 맑지 않고 탁한 경우다. 이런 경우 대체로 마음도 탁한 경우를 많이 보았다.

여섯째, 말을 할 때 인상을 많이 쓰는 경우다. 이런 경우 상대방을 속이지는 않는데 같이 있으면 몹시 피곤하다. 건강이 안 좋은 경우가 많다.

일곱째, 나이 든 분들에게 많은데 양 볼에 심술보가 있는 경우다. 본인은 심술이 없는데 억울하다면 수술이라도 해서 없애야 한다.

여덟째, 턱이 지나치게 뾰족한 경우다. 이런 경우 메이크업이나 헤어로 보완해야 한다. 이런 사람들은 자신이 최고라고 여기기 때문에 대화하기 힘들다.

아홉째, 개인적으로 제일 피하고 싶은 형이 있다. 뱀눈인 사람이다. 단순히 눈이 작은 게 아니라 눈 꼬리가 얇게 사라지면서 늘 가늘게 뜨고 있는 것처럼 보인다. 눈동자가 거의 안 보여서 어디를 보고 있는지 알 수가 없다. 이런 사람은 상대방을 정면으로 보지 않는다. 항상 실눈을 뜨고 아래로 보듯이 보며 간사하고 거만하기까지 하다.

위의 아홉 가지 유형의 사람한테 고통을 많이 겪은 나로서는 반드시 피하고 싶다. 위와 반대로 생긴 사람이면 대체로 끝이 좋았다. 많은 시행착오 끝에 얻은 결론이다. 얼굴을 제대로 알아보게 되면서부터는 사람한테 실망하는 일이 줄어들었다. '이 모든 걸 처음부터 볼 수 있었다면' 하는 생각이 든다.

우리는 매일 수많은 사람들을 만난다. 그런데 '보면서도 보지 못하는 것'들이 많다. 잘 속는 사람들에게는 다 이유가 있다. 한마디로 '사람을 볼 줄' 모르는 것이다. 얼굴이 우리에게 주는 수많은 정보를 읽을 줄 안다면 시행착오를 줄일 수 있지 않을까? 혹시 현재의 결혼상대자가 바뀌었을지도 모른다. 무엇보다 나에게 해로운 사람을 피하면 에너지를 쓸데없이 낭비하지 않게 된다. 당연히 좋은 얼굴은 도시락을 싸 들고 가서라도 가까이 지내야 한다.

알고 보면 쉬운 것이 '사람 얼굴 읽기'다. 관상을 잘 보던 선배가 관상은 누구나 볼 수 있다고 말했다. 딱 보았을 때 느낌이 좋으면 관상이 좋단다. 맞는 말이다. 살다보면 느낌이 맞을 때가 많다. 나는 사람의 얼굴을 잘 알게 되면서부터 내가 원하는 인생으로 바뀌는 걸 경험했다. 얼굴을 알면 인생이 바뀐다.

03

운명은 변하고 움직인다

"타고난 운명은 바꿀 수 있다. 마치 자동차처럼 운명에는 핸들이 달려있다.
내가 꽉 움켜쥐고 운전을 하느냐,
아니면 기사에게 맡기고 뒷좌석에 앉느냐의 차이일 뿐이다. 내 '운명'이라는
자동차의 운전을 과연 누구에게 맡길 것인가?"

운명이라는 말에 갇혀 지내는 사람이 있다. "이건 여자로서 짊어져야 할 운명이야.", "지지리도 못 사는 건 부모를 잘 못 만난 내 운명 때문이야." 과연 그럴까? 가난하게 사는 것도, 여자라서 힘든 것도 다 운명 탓일까? 가난한 부모 밑에서 태어났지만 부자가 된 사람은 헤아릴 수 없이 많다. 여자로 태어난 운명을 말하자면, 성 자체를 바꾸는 사람까지 말하지 않아도 될 것이다. 여자라서 힘든 게 있다면 정당하게 바꾸면 되니까 말이다.

예를 들어보자. 대한민국 아줌마들에게 1년 중 가장 싫은 날이 언제냐고 물어보면 다들 똑같이 대답할 것이다. 두 번 생각할 것도 없이 명절이라고 말이다. 명절 2주 전 쯤부터는 대부분의 아줌마들이 복통, 두통에 시달린다. 명절이 끝나고 집으로 돌아오는 차 안에는 심각한

기류가 흐른다. 이혼율이 가장 높아지는 시기도 이 때이다. 전통이라서 어쩔 수 없다고? 아무리 전통이라도 사람 잡는 거라면 바꾸는 게 좋지 않을까?

　이런 문제를 해결한 집안이 있다. 친한 후배 이야기인데, 명절 문화의 대안으로 생각해볼 만하다. 이 후배는 추석 때 생일이 들어 있다. 그래서 결혼하고 3년까지는 생일상도 없이 지냈다고 한다. '생일날'이 명절 상 차리느라 고생만 하는, 그야말로 '고생 날'이었다. 후배는 어느 순간부터 이렇게 살아선 안 된다는 생각이 들었다. 그래서 시어머니께 자기 생일이 사라지니 인생 자체가 사라지는 기분이 든다고 말했다. 시어머니는 그 제서야 미안하다고 하시면서 가족회의를 열었다.
　그렇게 결정된 것이 '포트 럭 파티 명절'이다. 즉 명절 전날 각자 한 가지 씩 음식을 해오는 것이다. 직장 다니느라 바쁜 며느리들은 사와도 무방하다. 시어머니는 식혜 딱 한 가지만 해놓으시고 시아버지는 밤을 깎아놓으셨다. 양도 중요한데, 명절 당일 두 끼 차려 먹을 양만 해오는 게 원칙이다. 그리고 한 끼는 외식을 한다. 보통은 문을 닫지만 미리 알아보면 교외 등에 식사할 수 있는 곳이 있어 미리 예약을 해놓는다. 그리고 그곳에서 후배 생일 파티를 한다. 그러면 후배는 가족들이 추석날 모이는 게 마치 자기 생일 축하해주러 오는 것 같아 감동이란다.

일반 가정의 명절 풍경을 보자. 대개 명절 전날쯤 가족들이 모인다. 그리고 시어머니의 지휘에 따라 전부터 부치는데, 한 자리에 앉아 7, 8시간은 기본이고 전의 종류가 많아지면 10시간을 훌쩍 넘긴다. 그 시간 동안 대한민국 남성들은 모두 TV 앞에 앉아있다. 맞벌이 가정의 경우 부부가 똑같이 직장 생활을 하면서 스트레스를 받았는데 말이다. 이때는 남자들만 꿀 같은 휴식을 보낸다. 그러나 내막을 알고 보면 휴식을 가장한 고문이라는 것을 알 수 있다. 명절이 끝나면 후폭풍이 불어 닥친다. "자기 식구들은 왜 그래?", "당신만 돈 벌었어?", "이건 너무 불공평한 거 아냐?", "여자가 노예야?"

집에 돌아온 후에는 시어머니가 싸주신 '자기의 노동 값인 전'이 쳐다보기도 싫다. 시간이 지나면 기름이 배일대로 배여 눅눅하고 맛도 없다. 그 전을 바라보면서 기분까지 눅눅해진다. 그리고 그동안 쌓였던 울분이 치솟으면서 부부싸움으로 번지는 것이다. 이 모든 걸 전통이라고 해버리면 되는 것일까? 이런 불합리성이 여자들의 결혼기피 현상으로까지 이어진다고 한다면 지나친 비약일까?

이를 해결하려면 아들들이 나서야 한다. 센스 있는 선물을 해보면 어떨까? 명절 때 어머님에게 타이머를 선물하는 것이다. 음식을 만드는 데 오랜 시간을 들이지 말고 가족끼리 즐기자고 말이다. 적어도 여자는 일하고 남자는 노는 일만 없으면 된다. 이래도 며느리들이 명절 증후군을 겪을까? 지금까지 선배 며느리들은 이런 고충을 운명이라고 여겼다. '여자로 태어난 운명' 말이다.

이제는 명절 문화를 바꿀 때가 되었다. 인구감소에 대한 근본적인 대책, 즉 '결혼기피 현상'을 타파하기 위해서라도 전 국민이 팔을 걷어 부치고 나서면 어떨까? '성 평등 명절 천만인 서명 운동' 같은 걸로 시민의 의견을 수렴하던가 말이다. 그래서 더 이상 여자들만 힘든 명절은 사라졌으면 좋겠다. '여자로 태어나서 어쩔 수 없는 운명' 따위는 없다고 말할 수 있게 말이다. 풍습이라는 것도 알고 보면 습관들이 쌓여서 이루는 결과물이다. 풍습이 부당하다면 바꾸어야 한다. 이 모든 걸 어쩔 수 없는 일이라고 포기하는 것은 자신의 행복을 포기하는 것이다.

흙 수저로 태어난 것이 자신의 운명이라고 생각하는 사람도 있다. 그런 사람은 매사에 겸손하다 못해 비굴하게 산다. 그 운명은 누가 만들어주는 것일까? 조물주? 아니면 각 나라별로 부자는 통계상 최상위 몇 퍼센트, 상위 몇 퍼센트 등등으로 분배해놓기라도 한단 말인가? 그런 통계는 결과일 뿐이다. 은연중에 자기는 어느 틀에 들어가 있는지, 자기가 물고 태어난 수저는 무슨 성분인지 따지는 사람들이 있다. 신분제도가 사라진 지금도 여전히 노예근성을 갖고 있다. 오르지 못할 나무는 쳐다보지도 말라는 '최악의 속담'을 좌우명으로 삼고서 말이다.

K의 남편이 그렇다. 그는 외국계 기업의 컴퓨터 엔지니어다. 그는 영어를 써야 하는 그 회사에서 연봉이나 승진 등에서 차별을 받고 있다. 내가 그 부인에게 몇 번이나 말했다. 영어를 마음잡고 3년만 공부해보라고 말이다. 전업주부인데다가 어렵게 시작한 신혼살림에 부인은 늘 노후걱정이었다. 영어 공부 좀 하라면 남편의 말이, 자기는 공대 출신이라서 영어는 어렵단다. 그리고 지금도 불만이 없단다. 내가 보기에는 경제적으로 늘 쪼들리는데 말이다. 아기도 둘은 버거워서 하나만 낳는단다.

부인의 말이 참 인상적이었다. 자기는 남편이 가엽다고 한다. 자기는 부유하게 살아서 지금이 어렵게 사는 거라고 느끼는데 남편은 워낙 가난한 집안에서 살아와서 지금 자기가 잘 사는 줄 안다는 것이다. 자기가 접해보지 않는 세계를 꿈꾸지도 않는 사람은 운명을 바꿀 수 없다.

나는 직접 경험한 것으로 확실하게 말할 수 있다. '운명은 자신이 만드는 것'이라고 말이다. 나는 몇 년 전까지만 해도 내가 '되는 일이 없는 사람'이라는 편견에 사로잡혀 살았다. 물론 이는 지극히 상대적인 것이다. 하지만 노력에 비해서 운이 열리지 않는 느낌이 들었다. 예를 들어 나보다 훨씬 공부도 못하고 머리도 나쁘고 얼굴도 못 생기고 성격도 나쁘고 등등 나보다 못 한 사람이 나보다 훨씬 잘 되는 것 같았다. 그래서 나에게 어떤 문제가 있는지 곰곰이 따져 보았다. 한마디로 '운이 나쁜 이유'를 샅샅이 찾아낸 것이다.

시중의 운과 관련한 책도 보았다. 공간이 주는 변화도 알아냈고 내가 타고난 운도 알아보았다. 그리고 나의 습관들을 하나하나 점검하기 시작했다. 밥 먹는 습관, 잠자는 패턴, 주변 정리 수준, 말버릇 등 모든 것들을 점검하기 시작했다. 그 결과 내게는 운이 나쁠 수밖에 없는 습관들이 있다는 것을 알게 되었다.

제일 먼저 건강을 잃은 원인들이 드러나 보였다. 불규칙한 식사습관, 편식, 군것질 습관 등 건강에 해를 끼치는 것들이다. 또 스마트 폰을 붙들고 밤늦게까지 자지 않아 늘 수면 부족에 시달렸다. 들고 다니는 가방은 물론이고, 주변정리가 안 되어 있었다. 불필요한 모임은 너무 많았다. 결과적으로 늘 시간에 허덕이고 최악의 건강에다 말은 늘 부정적으로 나왔다.

운명이란 것이 나한테만 불리하게 작용하는 것처럼 건강과 일, 금전적인 부분 등이 모두 나빴던 것이다. 그러나 그 원인을 알아낸 순간 나는 무엇이든 이전과 거꾸로 살기 시작했다. 밥보다 군것질을 좋아했지만 밥을 세끼 잘 챙겨 먹었고, 늘 어두운 색의 옷으로, 바지만 입고 다녔지만 밝은 색상의 치마를 주로 입었다. 한 번도 입어보지 않던 과감한 패션을 시도하기도 했다. 그리고 일찍 자고 일찍 일어났으며 모임을 대폭 줄이고 혼자 있는 시간을 확보했다. 그러자 모든 것이 믿을 수 없을 정도로 바뀌기 시작했다. 내 운명을 내 손 안에서 움직이기 시작한 것이다.

타고난 운명은 바꿀 수 있다. 마치 자동차처럼 운명에는 핸들이 달려있다. 내가 꽉 움켜쥐고 운전을 하느냐, 아니면 운전기사에게 맡기고 뒷좌석에 앉느냐, 그 차이일 뿐이다. 내 '운명'이라는 자동차의 운전수! 과연 누구에게 맡길 것인가?

04

운은 사람과의 인연에서 시작된다

"운은 사람과 사람의 인연에서 시작된다.
좋은 인연도 있고 나쁜 인연도 있다. 좋은 인연을 못 만나서
불운하다고 하는 사람들은 그동안 자신이 운의 씨앗을 잘 뿌렸는지, 그리고 그 싹을
잘 틔우도록 노력했는지 돌아보아야 한다."

회사 일을 제 일처럼 하는 사람이 있다. 그런 사람은 복사용지 한 장이라도 아끼고 불필요한 불을 끈다. 그런 모습이 눈에 띄면 대개 두 가지 평으로 나뉜다. '과잉 충성'이라는 비난과 '주인 의식'이라는 칭찬이 그것이다. 평생 월급만 받고 살 생각이라면 사장의 심정을 이해할 수가 없다. 그저 '주어진 일만 하고 월급날만 기다리는 삶' 말이다. 그러나 언젠가 사장이 되려는 마음을 가진 사람은 처음부터 자세가 남다르다.

교사를 그만 두고 건축 설계 일을 시작했을 때 나는 남들에게 뒤지지 않으려는 욕심이 있었다. 자연히 야근을 밥 먹듯이 했다. 요즘은 도면을 컴퓨터로 그리지만 예전에는 손으로 직접 그렸다. 누가 그리느냐에 따라 품질이 달라지니, 도면을 잘 그려야 한다는 압박감이 다들 심

했다. 직원들 중엔 유학파도 있었고, 대부분 미술이나 건축을 전공했다. 하지만 나는 생뚱맞게도 교대를 나왔다. 당연히 기본기가 약했다. 악착같이 연습하고 또 연습하는 수밖에 없었다.

열심히 일하는 모습 때문에 나에겐 '일중독자'란 별명이 따라다녔다. 내가 너무 열심히 해서 자기들이 힘들다는 말도 했다. 그렇게 열심히 일하자 어느 순간부터 내가 그린 도면이 칭찬받기 시작했다. 건축 도면에는 도면용 글씨라는 게 있다. 자를 대고 반듯하게 써 나가는 건데, 사장님께서 내 글씨가 좋다고 하시며 다른 사람들이 그린 도면을 모아서 내 글씨로 마무리하라고 하셨다. 당연히 동료들은 기분이 상했다.

나는 야근이 더 많아졌다. 그런데 고된 회사 생활을 나는 내 일처럼 했다. 나에겐 회사 사장이 될 거라는 꿈이 있었기 때문이다. 퇴근하고 나면 다들 나이트클럽에 가거나 데이트를 즐겼다. 하지만 나는 일하는 게 더 재미있었다. 자연히 급한 도면은 약속이 없는 내가 남아서 그렸다. 이런 열정이 동료들에게 때로는 미움을 샀지만, 사장님들에게는 기특한 직원으로 보였다.

누가 회사 일을 그렇게 진심으로 해준단 말인가 그런 행동이 동료들 눈에는 미련하게 보였을 것이다. 하지만 세상일에는 덧셈 뺄셈만 있는 게 아니다. 작은 일에 충실하면 그것을 씨앗으로 삼아 어마어마하게 곱셈이 붙었다. 그런데 가끔씩 진짜 큰 곱셈이 있었다. 사장님이 해외로 이민을 가시게 되었는데, 주 거래처들을 나에게 연결시켜 주신 것이다. 그래서 나는 자연스럽게 사업을 차리게 되었다.

내가 사업을 차린 것을 보고 사람들이 놀라곤 했다. 관련 학과를 나와야 출세할 수 있는 게 우리나라 전문 분야인데 말이다. 이 모든 일들이 순전히 나의 실력 때문이었을까? 그렇지 않다. 이 모든 것은 사람과의 인연 덕분이다. 나는 항상 사람들과의 관계를 중시했다. 언젠가서로 도움을 주고받을 것이라고 생각하고 있었다. 그러자 기회가 주어진 것이다.

눈앞의 이익 때문에 큰 기회를 놓치는 경우를 본다. 곱게 자란 여직원들은 야근이나 밤샘이 힘들다고 투정을 부릴 때가 많았다. 그러면 사장님이 그 여직원만 일찍 돌려보냈다. 그러면 남은 직원들이 그 직원 몫까지 해야 했다. 나중에 누가 나이트클럽에서 그 여직원을 보았다는 이야기가 들려오곤 했다. 이 여직원은 결국 쫓겨났다. 얕은꾀를 쓰면 당장은 편할지 모른다. 그러나 반드시 드러나게 되어 있다. 반대로 우직한 사람은 결국 신뢰를 얻는다.

사람에게서 얻은 신뢰는 여러 가지 운의 모습으로 나타난다. 친정아버지에게서 들은 이야기이다. 군대에 있을 때 친정아버지가 글씨 쓰는 모습을 지켜본 상사가 행정 업무를 맡겼다고 한다. 학벌이 훨씬 좋은 동료들을 제치고 말이다. 그리고 성실하게 근무한 결과 제대 후에는 상사가 사업을 연결시켜 주었다.

이처럼 군대에서의 인연이 사회로까지 연결되는 사례를 본다. 군대를 어쩔 수 없이 다녀와야 하는 곳으로만 여긴다면 좋은 인연을 기대하기 힘들 것이다. 그러나 그곳도 사람이 모여 있는 곳이니 인연이 작동하는 것이다. 사회랑 단절되어 있어 오히려 더 애틋할 수도 있다. 이런 점 때문에 남자들이 군대 이야기를 평생 하는 것 같다. 어떤 곳, 어떤 사람을 만나더라도 최선을 다하자. 언제 어떤 일로 나에게 운을 선사할지 모른다.

성경에는 지나가는 거지에게 행한 작은 선행도 예수님에게 행한 것이라는 말이 나온다. 누군가를 돕는 것이 예수님에게 행한 것이라는 말은 모든 사람에게 최선을 다하라는 말이다. 그러면 복을 주시겠다는 것이다. 사실 한 사람 한 사람을 소중히 여기는 사람은 다른 일에도 성실할 것이 분명하다. 그런 습관은 자신을 운이 좋은 사람으로 만드는 데 도움이 될 것이다.

운은 추상적인 개념이다. 그래서 주로 사람이라는 옷을 입고 '인연'으로 드러난다. 어떤 일도 나 혼자서는 할 수 없는 것이 세상일이다. 주위를 살펴보자. 그리고 모든 사람들과의 인연을 소중히 여기자. 언제 어떻게 운으로 다가올지 모른다. 이는 마치 농부가 씨를 뿌리듯 여기 저기 씨를 뿌리는 것과 같다. 때로는 벌레가 그 씨앗을 먹어 버릴 수도 있고 썩어 버릴 수도 있다. 하지만 반드시 싹을 틔우는 씨앗이 있다. 그 씨앗처럼 어떤 인연이 운의 모습으로 나타날지 알 수가 없다.

사람들과의 좋은 인연을 만드는 것만큼 악연을 피하는 것도 중요하다. 악연을 만나면 어떻게 될까? 부모나 형제 등은 천륜이라 어쩔 수 없다. 하지만 직장이나 각종 모임 등은 내가 선택할 수 있다. 인생에 있어서 가장 중요한 선택은 뭐니 뭐니 해도 배우자 선택일 것이다. 몇 년 전 모 연수에서 K라는 여자 분을 만났다. 그 분은 나랑 같은 조였는데 항상 근심어린 인상을 하고 있었다. 그리고 그 여자 분이 나에게 털어놓게 된 사연이 있는데, 내가 살면서 들은 이야기 중 가장 충격적이었다.

남편과 아이 둘과 함께 지방에 살던 K는 서울에 계신 친정엄마에게 아이들을 맡기고 며칠 동안 아르바이트를 했다. 하루는 아르바이트가 다 끝난 날이라서 막차를 타고 친정집에 갔다. 마침 그날은 남편도 서울로 출장을 가서 친정집에서 잔다고 한 날이었다. K는 아이들을 빨리 보고 싶었는데 마침 현관문이 열려있어서 그냥 들어갔다. 그리고 못 볼 것을 보고야 말았다. 남편과 친정엄마와의 부적절한 장면을 말이다.

나중에 알고 보니 그 일은 신혼 초부터 오랫동안 지속이 되어 온 것이었다. 친정엄마는 K가 어릴 때 과부가 되었다. 당연히 친정엄마와

K는 자매처럼 의지하고 지내왔던 것이다. 그 일 이후로 K는 남편과 친정엄마를 동시에 잃었다. 남편과의 악연은 여기서 끝나지 않았다. 아이들이 어려서 이혼도 하지 못하고 어정쩡하게 살고 있던 어느 날 남편이 사기를 당하게 되면서 그 빚을 모두 떠안게 되었다.

이제는 이혼을 하고 싶은데 이혼의 조건이 남편의 빚까지 가져가는 거라서 이러지도 저러지도 못한다고 했다. 악연중의 악연을 만난 셈이다. K는 원래 수녀가 되고 싶었는데 남편의 적극적 구애로 한 달 만에 결혼했다며 후회가 크다고 했다. 일생일대의 중요한 문제를 너무 쉽게 결정한 것이다.

운은 사람과의 인연에서 시작된다. 좋은 인연도 있고 K와 남편처럼 나쁜 인연도 있다. 운이 없다고 불평하는 사람들은 자신이 악연을 걸러내는 데 소극적이었는지 한 번 생각해보자. 그리고 좋은 인연을 못 만나서 불운하다고 하는 사람들은 그동안 자신이 운의 씨앗을 잘 뿌렸는지, 그리고 그 싹을 잘 틔우도록 노력했는지 돌아보아야 한다. 그리고 아예 씨앗조차 뿌린 적이 없다면 지금부터라도 뿌려보자. 언제, 어디서 무슨 꽃이 피어날지 알 수 없다. 하지만 언젠가 피어날 꽃을 상상해보는 것만으로도 기분이 좋지 않을까?

05

행운은 성실한 사람에게 찾아온다

"인생의 원리는 땅따먹기 놀이랑 비슷하다.
한 번에 땅을 조금씩만 차지하더라도 선을 넘지 않고 성실하게
땅을 넓히는 게 지름길이다. 돌멩이가 선을 넘어가면 돌을 집어던지고
집으로 돌아가는 아이는 최종 승리자가 될 수 없다."

만약 내일 아침 아파트 베란다에 제비가 박 씨를 물어다 준다면 어떨까? 그리고 그 박이 자라서 톱으로 잘랐더니 거기에서 금은보화가 쏟아져 나왔다면 무슨 황당한 이야기냐고 할지 모른다. 그런데 '현대판 흥부네' 같은 일이 정말 일어났다.

얼마 전 친한 친구를 만났다. 그 친구 남편은 몇 년 전 실직했다. 그런데 드라마와 같은 일이 일어났다. 남편의 먼 이모뻘 되는 친척이 돌아가시면서 남편에게 거액의 땅을 물려준 것이다. 그 친척은 외동딸인데다가 평생 결혼도 하지 않고 혼자 사셔서 재산을 물려줄 피붙이가 없었다. 그래서 먼 친척인 친구 남편에게 재산이 온 것이다. 그 이모와는 일면식도 없는 친구 남편은 그야말로 횡재를 한 셈인데 지금도 얼떨떨해하고 있다. 그 친구는 이 횡재를 감사해하면서도 자기가 그런

행운을 받을 자격이 있는지 겸손해한다. 내가 그랬다.

"너는 충분히 자격이 있어. 있고말고. 네가 얼마나 열심히 살아왔는지 하늘이 아는 거지."

이 유산은 친구에게 가뭄의 단비다. 친구는 최근 몇 년 동안 자신이 버는 것만으로 빠듯하게 살아왔기 때문이다. 나는 누구보다 기뻤다. 결국은 하늘이 복을 내리는구나 싶었다. 선하고 바른 이 친구는 아마 무인도에 혼자 떨어져도 횡단보도 그어놓고 지킬 것 같다.

학교 다닐 때는 답답한 스타일이었다. 수학을 못했던 친구는 공부를 아무리 해도 못 따라가자 책 내용을 통째로 암기해버렸다. 다들 미련하다고 혀를 찰 정도였다. 그런데 윤리 선생님 눈에는 좋게 보였나보다. 어느 날 '성실'에 관한 주제로 수업을 하시면서 말씀하셨다.

"그 친구가 수학을 외우는 게 미련해보일 수도 있다. 하지만 최선을 다해 노력하는 습관으로 다른 공부도 잘 할 수 있다. 이 학생은 꼭 성공할 것이다."

실제로 그 친구는 고등학교 교사가 되어 학생들을 가르치고 있다. 물론 수학 과목은 아니다.

그 친구는 결혼 후 경제적으로 힘들게 살아왔다. 최근엔 남편의 실직 때문에 쪼들렸고, 그 전에는 시누이나 시부모님의 금전적인 뒷바라지를 했다. 나는 세상이 불공평하다고 투덜댔다. 못된 사람들은 잘만 사는데 그 친구는 왜 그렇게 운이 없나 하고 말이다. 그런데 이번 일로 인생이 생각보다 공평하다는 걸 느낀다. 그 친구에게는 경제적으로 소위 '말년 복'이란 게 생긴 셈이다.

운에 관해서는 착시현상이 존재하는 것 같다. '불공평 착시현상'이라고나 할까? 다른 사람들은 소파에 누워 TV예능 프로그램만 보며 낄낄거린다. 그런데도 나보다 좋은 차, 좋은 집에 살며 외식만 하는 것 같이 보인다. 사실 주위에는 그런 경우가 별로 없다. 그렇다면 누가 배 아플 정도로 놀면서 잘 사는 걸까? 단언컨대 매스컴 속 인물들이다. 사람들이 즐겨보는 텔레비전 프로그램은 드라마나 예능이다.

드라마에 등장하는 의사나 변호사들은 모두 사랑타령에 여행만 다닌다. 아무도 나처럼 땀으로 뒤범벅이 되어 머리는 산발을 하고 뛰어다니지 않는다. 여자는 하이힐에 풀 메이크업과 완벽한 옷차림이며, 남자들은 하루 종일 운동만 해도 될까 말까한 근육을 가지고 있다. 이런 모습을 나와 비교하며 부러워하는 것이다. 과연 연예인들의 삶이 그렇게 호락호락할까?

몇 년 전 내가 담임을 했던 여자아이가 떠오른다. 초등학교 4학년이었던 그 아이는 깜찍한 외모 때문에 눈에 띄었다. 알고 보니 모 기획사 연습생이었다. 그런데 그 학생은 점심시간에 급식을 조금만 담아가는 것이 보였다. 튀김 같은 것들은 아예 받지도 않고 밥 조금과 야채만 담았다. 물어 보니 매일 기획사에서 체중을 재서 그런다는 것이었다. 그런 것들이 먹고 싶지 않느냐고 물어 보니 먹고 싶은데 참는다고 했다. 그 학생을 보면 연예인들은 단순히 행운의 주인공이 아니다.

텔레비전에 나오는 각종 수상자 발표나 성공한 사람들의 인터뷰도 불공평성 착시 효과를 일으킨다. 대부분 가족이나 동료배우, 스태프에게 공을 돌리기 때문이다. 그러면 우리는 소파 위에서 착각을 한다. "맞아, 몸매와 얼굴을 타고 났으니 연예인이 됐지. 그리고 연기는 하면 할수록 느니까."

그렇게 말하면서 개인의 노력보다는 타고난 미모나 주위 사람들의 도움이 커 보이는 착시현상이 일어난다. "누구는 미소 한 번만 지어줘도 빌딩이 올라가는데 나는 이게 뭐야?" 하면서 신세 한탄까지 한다. 그런데 제 아무리 설현이라고 해도 먹고 싶은 것 참고 피 눈물 나게 운동해야 그런 몸매를 만들 수 있다. 어느 누구도 놀고먹으면서 행운을 거머쥘 수는 없는 것이다. 성실한 노력에 대해서 간헐적으로 행운이 올 뿐이다.

어렸을 때 했던 놀이 중에서 '땅따먹기'라는 것이 있다. 준비물은 돌멩이랑 흙으로 된 땅만 있으면 된다. (그 당시엔 길바닥이 흙으로 되어 있었고, 길가에는 꽃과 풀, 돌멩이들이 많았다.) 이 놀이를 하려면 먼저 직사각형으로 땅의 윤곽을 그린 다음, 각자 귀퉁이를 차지하고 앉는다. 그 다음

한 사람씩 돌을 튕긴다. 그 돌이 튕겨나간 거리만큼 선으로 연결하면 자기 땅이 되는 것이다.

이 놀이에서 가장 중요한 것이 있는데 바로 '힘 조절'과 '방향 맞추기'이다. 힘이 많이 들어가서 돌을 멀리 보내면 '라인아웃'이 된다. 그리고 방향도 맞아야 한다. 딱 세 번 만에 선을 그리고 들어와야 하기 때문이다. 이 때 한 번에 땅을 조금만 차지하더라도 선을 넘지 않는 것이 계속해서 땅을 넓히는 지름길이다. 힘만 세고 성질이 나쁜 아이는 돌멩이가 선을 넘어가면 돌을 휙 집어던지고 집으로 돌아가기도 했다. 그 성질을 다 받아 내며 끝까지 게임에 참여하는 아이가 최종 승리자다.

인생의 원리도 땅따먹기랑 비슷하다. 하루를 성실하게 살다보면 갑자기 운이 찾아온다. 그러면 돌멩이가 날아간 각도와 거리가 딱 맞아 떨어져 큰 땅을 차지하는 것과 같은 순간이 찾아온다. 혹시 지금 날이 좋지 않은가 집에서 조용히 책을 보거나 명상에 잠기며 자기 자신을 만나 보자. 지금 날이 좋은가 사람들을 만나서 신나게 수다를 떨어 보자. 어떤 날도 아예 날이 없는 사람보다는 운이 좋은 것이다.

사실 일이 늘 잘 풀린다면 인생에서 얻는 것이 있을까? 그렇다면 '도도새 이이러니'가 일어날 것이다. 자신의 천적이 없는 섬에서 평화롭게 살던 도도새 말이다. 그러다가 날 필요가 없으니 정말로 날지 못

하는 새가 된 것이다. 우리 인생에 아무 고난이 없다면 어떻게 될까? 아마 작은 시련만 찾아와도 견디지 못하게 될 것이다.

한 개그맨이 사업을 실패하자 인상적인 말을 했다. "사업을 시작한 것에 대해서 후회는 없다. 그러나 이 실패를 통해 아무것도 얻지 못할까봐 두렵다." 라고 말이다. 고난을 당했을 때 이겨내는 힘도 중요하다. 그러나 그 보다는 어려움 속에서 무엇을 깨닫는지가 더 중요하다. 새롭게 얻게 된 지혜에 감사해야 한다. 사람은 기쁨보다 슬픔 속에서 배우는 게 많은 법이다.

얼마 전 K가 자살했다. 사업이 계속 망하자 술로 지새던 터였다. 아직 젊고 아이들도 어린데 안타깝다. 어렸을 적 하던 땅 따먹기가 떠오른다. 그리고 문득 자기가 던진 돌멩이가 선을 넘었다며 화를 내고 집으로 돌아간 아이가 궁금해진다.

06

습관만 바꿔도 운을 끌어당기게 된다

"평소에 무심코 하던 나의 습관들을 점검하고
바꾸자 좋은 변화가 계속 이어지고 있다. 말의 습관이나 행동의 습관,
인간관계의 습관 등은 주로 공간에 의해 영향을 받는다.
사는 공간을 바꾸자 이 모든 것들이 차례로 바뀌었다."

북유럽 풍으로 꾸민 따스한 분위기의 거실, 말끔하게 정리된 그곳에 우아하게 차려입은 여자가 커피 잔을 들고 있다. 광고에나 나올법한 이 풍경은 모든 여자들의 로망이다. 그러나 당장 현실에서는 열쇠 하나를 찾으려면 가방부터 거꾸로 쏟아야 한다. 광고는 광고일 뿐이라고 자위해보기도 한다. 예전에 어른들은 너무 깔끔한 사람은 복이 없다고도 했다. 과연 그럴까?

얼마 전부터 간소한 공간에 대한 관심이 높아지고 있다. 일본의 경우는 지진 때문이다. 지진이 나면 일차적으로 집안 가재도구들이 흉기가 된다. 그러니 최소한의 물건만 갖추고 살자 인데 그러다보니 정리정돈이 중요해졌다. 그보다 중요한 것은 내가 사는 공간을 말끔히 정리함으로서 얻게 되는 정신적 여유다.

요즘 들어 나는 그 여유를 생생히 느끼고 있다. 최근 들어 '닥치고 버리기'를 하였는데, 그 후 사물을 보는 방식이 많이 달라졌다. 전엔 고도성장 시기의 과소비 흐름 때문에 많은 걸 쌓아두고 많은 걸 써 댔다. 주방만 둘러보아도 그렇다. 우리 집은 믹서만 해도 종류별로 서너 가지 갖추어 놓았다. 우선 야채는 녹즙기로 갈아야 비타민이 파괴되지 않는다고 한다. 그러나 뒤처리가 만만치 않았다. 그래서 간단한 구조의 만능 믹서가 하나쯤 필요했다. 그리고 값비싼 프랑스제 믹서는 1초에 몇 백 번 돌아가는 모터라는 말에 사버렸다.

지금 와서 생각해보면 이해가 안 된다. 올림픽 종목도 아닌데 초당 회전율에 왜 감동을 했는지 말이다. 각 믹서의 장점만을 결합한 브리지 상품 격 믹서도 샀다. 프랑스제는 무거워서, 만능 믹서는 용량이 적어서, 녹즙기는 뒤처리가 불편해서 등의 이유로 말이다. 문제는 야심차게 구입한 그 믹서들의 행방이다. 그들은 우리 집에서 화려한 데뷔 무대만 거친 후 쓸쓸히 사라졌다. 나는 요즘 녹즙을 배달시켜서 먹는다.

내가 이번에 버린 물건 중 가장 잘한 건 체중계이다. 체중계도 하나만 있으면 섭섭해서 아날로그 방식 하나, 디지털 방식 하나 이렇게 두 개가 있었다. 아날로그 방식은 부정확해서 디지털 체중계를 산 건데 그 체중계는 한마디로 배터리에 의존해 사는 더욱 못 믿을 존재였다. 배터리가 가득 일 땐 그나마 선명하게 찍히는데, 힘이 점점 사그라질 땐 2, 3킬로그램이 왔다 갔다 했다. 그리고 그거 하나 부양하려고 낱개로는 팔지 않는 배터리를 묶음으로 사서 나머지 배터리를 어디다 두었는지 모를 땐 돈 먹는 기계로 보였다. 그 성가신 물건들은 금전적인 낭비뿐 아니라 공간 면에서도 낭비였다.

체중계는 정신적인 낭비, 시간적으로도 낭비를 부른다. 여자들의 영구 숙원사업인 다이어트는 성공 확률이 벤처 사업 성공률만큼 낮다. 그 과정에서 가장 지독한 게 체중계 중독이다. 평소 생활습관은 전혀 바뀌지 않았는데 늘 기대한다. 밤에 우렁이각시가 와서 내 몸에 무슨 작업을 해주지는 않았을까? 하면서 말이다. 체중계를 버림으로써 이 부질없는 시간낭비가 없어진 것이다.

가끔씩 필요한 것 때문에 돈과 시간과 정신을 낭비할 이유는 없었던 것이다. '어떻게 하면 생활을 단순화할까?' 하는 고민에서 시작된 '물건 버리기 프로젝트'. 이 프로젝트에서 불필요한 것들을 버리고 절제하는 습관은 다른 것에도 적용되었다. 먼저 시간을 아껴 쓰게 되었다. 유튜브 동영상에 올라오는, 사실인지 아닌지 의심되는 충격적인 동영상 보기에 한 번 빠지면 몇 시간이 금방 지나갔다. 그러나 버리기를 실천한 후에는 꼭 필요한 것만 보고 시간 계획을 세워 살고 있다.

사람을 만나는 일도 그렇다. 전에는 많은 모임에 참석했다. 그러나 지금은 마음에 맞는 소수의 사람만 만난다. 불필요한 만남은 시간 낭비일 뿐 아니라 감정의 낭비다. 또 먹는 것에도 절제가 생기게 되었다.

비만환자의 경우 집안 정리만 해도 효과가 크다고 한다. 말끔하게 정리된 집에서 입안에 꾸역꾸역 무언가를 넣는다는 것은 무척 어색하다. 마지막으로 언어 습관이다. 그동안 내가 무심코 던진 말들이 얼마나 부정적이었는지 깨닫기 시작한 것이다. 말끔한 공간에 삐딱한 말투는 어울리지 않았다.

　말의 힘은 크다. 하루는 남편이 물었다. "요즘 무슨 일 있어 왜 딴 사람이 된 것 같지?" 말은 그렇게 해도 남편의 표정이 전에 비해 한결 밝아지고, 전보다 가사 일을 많이 도와준다. 말투 하나만 바꾸어도 남편을 왕으로 만들어줄 수 있다는 것을 깨달았다. 그 결과 남편의 하는 일이 더 잘 되어갔다.

　부인의 말투나 표정이 남자들의 심리에 끼치는 영향은 엄청나다. 부인의 바가지로 인해 괴로움을 겪다가 바람을 피우거나 이혼을 하는 경우를 가끔 본다. 한 지인의 남편은 부인의 잔소리에 지쳐서 가출을 해버렸다. 두 달 동안 수소문해서 겨우 찾았다. 알고 보니 같은 회사 여직원이랑 바람이 나서, 그 여자 오피스텔에 숨어 지냈다고 한다. 그런데 남편은 오히려 당당했다. "당신이랑 같이 살다간 죽을 것 같다."고 말이다. 경제적으로 부인에 비해 능력이 떨어졌던 남편은 평소 부인의 잔소리에 질려 있었다. 이처럼 말은 사람을 죽이기도 하고 살리기도 한다.

　이 모든 변화를 위해서는 사는 공간의 변화가 우선이다. 예를 들어

멋진 한옥에 고운 한복을 입은 여인이 대청마루에 앉아 난을 치고 있다고 하자. 그 여인의 입에서 과연 천박한 말이 나올 수 있을까? 그 공간에 맞는 차림이 있고, 그 차림에 맞는 표정, 그 표정에 맞는 언어가 있다. 집 전체를 바꾸기 어렵다면 우선 침실 하나만이라도 바꾸어 보자. 이사를 가도 좋다. 곧바로 운이 달라질 것이다. 나는 2주일에 걸쳐 집 전체를 바꾸었다. 그리고 1년 뒤에는 이사까지 하게 되었다.

평소에 무심코 하던 나의 습관들을 점검하고 바꾸자 좋은 변화가 계속 이어지고 있다. 습관이란 괴물은 한 번 자리를 잡으면 절대로 쉽게 자리를 내어주지 않는다. 그 때 필요한 것이 환경의 변화다. 말의 습관이나 행동의 습관, 인간관계의 습관 등은 주로 공간에 의해 영향을 받는다. 사는 공간을 바꾸자 이 모든 것들이 차례로 바뀌었다.

매일의 습관들을 점검해보자. 지금 하는 일이 잘 되지 않는다면 바꾸어야 한다. 혹시 창고처럼 산더미 같은 짐들에 둘러싸여 살지는 않는가? 과감히 내다 버려라. 장담컨대 3분의 2는 불필요한 물건들이다. 그 물건들을 버리고 공간을 넓게 확보하라. 좋은 기가 흘러올 것이다. 그리고 만나는 사람들이나 모임 등을 정리해보아라. 부정적인 언어습관을 버려라. 내가 한 말이 언제 어디서 실제 결과로 나타날지 모른다. 늘 긍정적인 말을 해야 하는 이유다. 한마디로 주변의 모든 것들을 기분 좋은 것들로 채워 보아라. 분명 좋은 소식이 들려올 것이다.

07

성공한 사람들은 운 경영의 고수들이다

"성공한 사람들을 곁에서 지켜보면 모두들 자신에 대한
믿음의 대가들이다. 자신에 대한 믿음이 쌓이고 쌓여서 실체로 나타나는데,
이게 바로 '운'이다. '운'이라는 기업은 내가 창업해서 끝까지
책임지고 내가 경영까지 해야 한다."

나는 몇 년 전까지 상해에서 사업을 했다.
직장 생활할 때 거래하던 모 대기업과의 인연 때문이었다. 당시 대리
에 불과하던 나는 그 대기업 담당자들에게 어필했던 모양이다. 하루는
내가 다니던 디자인 회사 사장님께서 말씀하셨다.

"허 대리. 지사장님이 직접 전화를 하셔서는 허 대리를 팀장으로 스
카우트하고 싶대."

대부분 공채로 채용하는 대기업 문화에서 이런 특채는 드물었다. 무
엇보다 내 이력에 도움이 될 일이기도 했다. 당시로선 낯선 근무형태
인 출근 자유시간제도 가능했고 월급도 꽤 높았다.

아쉽지만 나는 그 제안을 거절했다. 인생에서 반드시 온다는 세 번
의 기회 중 한 번을 날리는 순간이었다. 첫 번째 이유는 임신 때문이었

다. 대기업은 조직 내에서의 스트레스가 만만치 않을 것으로 보였다. 게다가 당시만 해도 그 팀엔 사무 보조하는 몇 명 외에는 여직원이 없었다. 내가 여자의 몸으로 팀장이 되려면 직원들의 협조가 절대적이다. 그런데 자존심 강한 남자 직원들이 내 말을 들을지 의문이었다.

거절 이유는 또 있었다. 내가 그 팀의 팀장이 되면 내가 모시던 디자인 회사 사장님이 나의 을이 되는 것이다. 입찰 시 온갖 잡음이 일어날 게 뻔했다. 내가 거절하자 지사장님은 특별 회의까지 소집해서 결정된 일이라며 나를 설득하려고 하셨다. 그런데 내가 계속 단호하게 말하자 그럼 그 자릴 비워 두겠으니, 아기를 출산하고 두 달 만 있다가 출근하라고 하셨다.

그런데 두 달 뒤에도 나는 갈 수가 없었다. 아기가 두 달이 되면 옹알이를 한다. 이 때 엄마를 보고 방긋 웃기도 하고, 하루 종일 입을 오물오물하면서 이야기를 하는 것 같았다. 거기에 반응을 해주면 신나서 더 '뭐라 뭐라' 그런다. 그런 아기에 푹 빠진 나는 도저히 출근을 할 수가 없었다. 나만을 온전히 의지하는 아기 앞에서 엄마의 출세욕 같은 건 의미가 없었다. 결국 나는 그 후로 둘째를 낳아 두 돌이 될 때까지 5년이나 사회생활을 중단했다.

지사장님의 간곡한 권유를 뿌리치고 막상 집에서 아이들만 돌보자,

가끔씩 울적해지곤 했다. 주로 영화나 드라마에서 흰색 블라우스를 입고 나오는 비즈니스 우먼들을 볼 때였다. '나도 한 때는 펄펄 날았지' 하면서 말이다. 결국 몇 년 후, 그 대기업과의 인연으로 중국에서 사업을 하게 됨으로서 국제적으로 활약하는 '비즈니스 우먼'의 꿈을 실현했다.

다시 원하는 일을 하긴 했지만, 주재원들 앞에서는 자존심이 상했다. 내가 이 대기업에 입사했으면 지금쯤 저 윗자리까지 올라갈 수도 있었을 텐데 하면서 말이다. 그 때 나는 자꾸만 과거에 내가 특채 입사를 거절했던 당시로 돌아가곤 했다. 그러자 나의 소심함이 보이기 시작했다. 나는 그 때 그 제안들을 받아 들였어야 했다. 출근 시간을 늦추고 다니면 되었다. 디자인 회사 사장님과의 관계도 원칙을 고수하면 문제될 게 없었다.

그 전에도 비슷한 일이 있었다. 주택 설계를 주로 하는 회사에 있을 때였다. 그 회사는 직원이 몇 명 없어서 설계부터 시공, 영업까지 1인 다역을 해야 했다. 어느 날 그 회사가 발돋움하는 기회가 왔다. 당시 집을 꾸며 주는 TV 프로그램이 있었는데 그 프로그램을 하게 된 것이다. 공사 이윤은 얼마 남지 않았다. 그러나 방송을 탔다는 이유로 그 후에 공사가 많이 들어왔다.

우리 회사는 얼마 지나지 않아 규모를 키우기 위해 다른 회사와 합

병하게 되었다. 그 때 나는 사장님이 그동안 고생했던 직원들을 대하는 태도에 실망하게 되었다. 직원들을 다 데리고 가기엔 문제가 있었나 보다. 결국 나만 데리고 간다는 것이었다. 직원들의 실망감을 뒤로하고 도저히 나만 따라갈 수가 없었다. 나는 그 때 순전히 의협심 때문에 거절했다.

나중에 사업을 하면서 직원들이 속을 썩일 때마다 이때의 일이 떠올랐다. 젊은 시절의 의리 내지는 의협심이 단순히 치기였는지도 모르겠다고 말이다. 사업을 해보니 사람을 다루는 게 만만치가 않았다. 그리고 내가 그 회사를 나온 것은 커다란 기회를 날린 셈이었다. 그 회사는 지금 크게 성장했고, 사장님은 주택 모델하우스 쪽으로 유명해졌다. 이때도 나는 스스로 복을 찬 것이었다.

나는 이 일을 두고두고 후회 하다가, 앞으로는 행운을 절대 놓치지 않으리라 결심했다. 나중에 상해에서 사업할 기회가 왔을 때 붙잡은 것이다. 이 때 나는 앞으로 나에게 주어지는 행운을 잘 운영할 것이라고 굳게 다짐했다. 그러자 운도 잘 따라주었다. 그 당시 상해 위성도시에 한국형 선 분양 아파트를 공사하게 된 것이다. 이 때 아파트 설계부터 모델하우스 완공까지 무난하게 해냈다. 그 당시 나는 새벽부터 밤까지 여기저기 홍길동처럼 날아다녔다. 그동안 쉬었던 사회생활을 보상하기라도 하듯이 말이다.

한창 활발히 사업할 당시 거래처였던 대기업의 과장님이 나에게 크게 칭찬을 한 적이 있다. 자기회사 조직은 계층 구조가 복잡한데 나는 인간관계의 문제를 잘 푼다고 말이다. 가히 천재적이라는 말까지 하셨다. 나는 이 때 회심의 미소를 지었다. 이제 나도 기회가 왔을 때 절대 놓치지 않는 승부기질이 생겼구나 하는 생각이 들었다.

지금 생각해보면 젊은 시절에 나는 많은 기회를 걷어찼다. 때로는 소심함, 때로는 치기에 가까운 의협심 때문에 말이다. 내 능력을 진짜로 큰 도마 위에 올려놓고 검증받는 게 두려웠는지도 모른다. 그러나 성공한 사람들을 곁에서 지켜보면 모두들 자신에 대한 믿음의 대가들이다. 자신에 대한 믿음이 쌓이고 쌓여서 실체로 나타나는데, 이게 바로 '운'이다. '운'이라는 기업은 내가 창업하는 것이다. 끝까지 책임지고 내가 경영까지 해야 하는 것이다.

사장은 늘 외롭다. 아무리 힘이 들어도 앓는 소리를 할 수가 없다. 우스갯소리가 있다. 사장님은 배가 고프지도 않고 춥지도 덥지도 않은 존재라고 말이다. 실제로 내가 직원일 때는 야근을 하면 늘 뭐 먹을까 기대했지만, 사장이 되고 나니 야식 때가 되어도 배가 안 고팠다. 내 돈이 나가기 때문이다.

자신의 식당을 경영한다고 해보자. 손님이 없다가 딱 한 명이 들어와도 반갑게 맞아들일 것이다. 그리고 손님이 올 때가 되면 올 것이라는 믿음으로 메뉴를 개발하며 기다릴 것이다. 새벽부터 일어나 신선하고 훌륭한 재료를 사다 놓을 것이다. 방송국에 사연을 보내거나 블로그 홍보를 하는 등의 노력을 할지도 모른다. 그리고 내 음식점은 언젠가 맛있다고 소문이 날 것이라고 굳게 믿을 것이다.

방송에 나오는 맛 집들을 보자. 불경기 때도 그 맛 집들 앞에는 항상 줄이 길게 서 있다. 비결이 뭘까? 무엇보다 그 사장님들은 장사가 안 된다고 해서 금방 업종을 바꾸지 않는다. 오랫동안 그 자리를 지키면서 운영을 해온 것이다. 그 결과 다양한 노하우가 차곡차곡 쌓였다. 3대를 이어서 그 맛을 유지하는 집이 있을 정도다. 즉 맛집으로 소문이 난 것은 최상의 맛을 위해 끊임없이 노력하고 당장 수익이 나지 않더라도 끈기 있게 운영한 결과인 것이다.

자신의 운을 맛집처럼 운영한다면 어떻게 될까? 일이 안 될 때는 끊임없이 연구하고 다양한 시도를 해본다. 그리고 일이 잘 될 때도 방심하지 않고 더욱 발전시킬 방법을 연구하는 것이다. 그런 자세로 살아간다면 원하는 일이 이루어지는 건 시간문제가 될 것이다. 무엇보다 나만 운이 없다고 투덜대는 일이 줄어들 것이다. 자신의 운을 잘 경영해보자. 자신만이 가진 경험과 능력을 최대한 쏟아 부어 자신의 주식회사를 일구어 보자. 그리고 잘 경영해서 번창시켜 보자. 진짜로 운이 좋은 사람이 될 것이다.

[제 2 장]

인상을 알면
그 사람이 보인다

사람을 볼 줄 안다는 것은 무엇을 말하는 것일까? 바로 그 '사람의 인상을 본
다.'는 것이다. 사람의 인상에는 모든 정보가 담겨있다. 다만 볼 줄 아는 사람에
게만 보이는 '벌거숭이 임금님'일 뿐이다. 이 때 단순한 지식보다는 몸으로 부
딪히면서 얻은 깨달음이 중요하다.

01

얼굴 경영을 어떻게 해야 하는가?

"대부분 건강이나 피부 관리는 열심히 한다.
하지만 표정이나 인상관리에 대한 개념은 약한 것이 사실이다.
회사를 경영하듯이 자기 얼굴을 경영해보자. 당장 효과를 피부로 느낄 것이다.
갑자기 누가 돈을 맡긴다고 할지도 모른다."

나는 예전부터 예쁜 사람보다 인상 좋은 사람을 동경했다. 〈바람과 함께 사라지다〉란 영화를 볼 때였다. 다들 여주인공인 스카렛 오하라의 매력에 대해 말할 때 나는 조연으로 나온 메라니를 좋아했다. 남자들이 스카렛에게 처음엔 관심을 보이다가 질려서 떠나곤 하지 않았는가? 미인들의 특징 중 하나가 늘 관심을 받는 데 익숙해져서 남에게 희생하는 따뜻함이 부족하다. 결국 결혼생활이 힘들어지는 요인으로 작용하는 것이다. 외적인 아름다움은 유통기간이 짧다.

나는 이처럼 영화를 볼때도 인상이 좋은 사람을 좋아했다. 그런데 문제는 내 인상이 별로 좋지가 않다는 것이었다. 내가 보는 내가 매력이 없었다. 내 기준이 너무 높았는지도 모르겠다. 하지만 내 얼굴이나 내 행동이 매력적으로 느껴지질 않았다. 시쳇말로 환장할 노릇이었다. 당연히 나 자신을 어디 뚝 떼어놓고 다닐 수도 없었다.

그런 생각에 쐐기를 박는 일이 생겼다. 하루는 얼굴 마사지를 잘 한다고 소문난 곳을 찾아갔다. 그 곳은 분위기가 남달랐다. 실내 전체에 복음성가가 울려 퍼지고 직원들의 얼굴이 평온했다. 나는 그 무리 속에서 공해처럼 느껴질 정도였다. 욕심이 가득하고 늘 시간에 쫓겨 아등바등하던 내 젊은 날의 모습이었다. 그런데 내 속마음을 알았는지 마사지가 끝나자 원장님이 나더러 기도를 해주어도 좋겠느냐고 했다. 그래서 얼떨결에 기도를 받았는데 기도 내용이 이렇다.

"마음에 평안이 찾아와 그 평안이 얼굴에 나타나게 해주세요."

지금은 내 인상이 무지하게 안 좋지만 앞으로 좋아지게 해달라는, 몹시 기분이 나빠지려고 하는 기도였다. 그 뒤로 나는 마음의 평안이 얼굴에 나타나게 하려면 어떻게 해야 하나 걱정을 하기 시작했다. 하지만 그 고민이 오히려 얼굴에 그림자를 드리웠다.

아픈 과거가 생각난다. 나의 첫 직장은 시골 초등학교였다. 처음 발령받아서 가면 선생님들 앞에서 인사를 한다. 그때 나는 멘트까지 준비해 갔고, 내심 말을 잘 했다고 생각했다. 그런데 회식 자리에서 아무도 말을 시키지 않는 것이었다. 심지어 내 옆에는 아무도 앉지 않았다.

나중에 한 교사가 그 때의 상황을 말해주었다. 내가 초임 발령자 치곤 능숙하게 말을 하고, 인상이 보통내기가 아닐 거 같아서 다들 그랬단다. 초장에 기를 죽여 놓자고 말이다.

그 뒤로 학교생활을 힘들게 하다가 결국 1년 여 만에 사표를 내고 말았다. 사회생활에 있어서 인간관계는 아주 중요하다. 그런데 각자의 속을 들여다볼 수 없는 관계로 겉으로 보이는 행동과 이미지로 모든 걸 판단한다. 나는 당시 나 자신을 경영하지 못했고, 그로 인해 사회생활이 늘 힘들었다.

그 뒤로 20년이 넘게 흘렀다. 그리고 현재 나는 인상이 좋다는 소릴 듣는다. 피 눈물 나게 노력한 결과인데, 앞으로 50년 넘게 써먹을 생각을 하니 기분이 좋다. 인상이 좋다가 나이가 들면서 나빠지는 경우도 있는데 참 다행이다. 나이가 들어 눈 꼬리가 점점 아래로 쳐지니 이럴 땐 지구중력의 법칙이 이득이 된다. 그 전엔 눈 꼬리가 위로 올라가서 차갑게 보였다. 또 나이가 들어 살이 찌니 얼굴의 각이 죽어 동그랗게 보인다. 이는 푸근한 이미지에 한 몫을 한다.

무엇보다 인상을 좋게 만든 것은 남에게 양보하려고 하는 마음과 서두르지 않는 여유다. 그런 여유가 얼굴에 스미니 인상이 좋아진 것이다. 인상이 좋아진 후로는 직장에서의 일도 잘 풀려나갔다. 나는 마치 회사를 경영하듯이 내 얼굴을 경영한 것이었다. 그러면 얼굴 경영은 어떻게 하느냐고 물을 것이다. 바로 '거꾸로 실천법'이다. 원하는 결과를 미리 정해 놓는 것 말이다. 즉 자신이 원하는 얼굴을 정해 놓고 그에 걸 맞는 행동과 표정을 만들어나가는 것이다. 아주 간단하다.

첫째, 원하는 얼굴을 목표로 잡는다. 추상적이라고 생각되면 가장 마음에 드는 배우사진을 구하면 된다. 나는 오드리 햅번을 목표로 잡았다. 그리고 그런 얼굴이 되기 위해 모든 걸 투자했다. 마사지를 하거나 정 필요하면 시술이 필요할 수도 있다. 나는 성형수술이 필요한 사람은 해야 한다고 생각한다. 너무 인상이 안 좋아서 손해 보는 사람들, 특히 남자들의 경우 죄 없이 도로에서 불심검문에 붙잡히는 시간낭비나 창피함 때문이라도 말이다. 내가 아는 한 남자는 불심검문만 하면 꼭 걸린다. 얼굴이 시커멓고 눈이 부리부리한 게 조금 무서워 보이기는 했다. 그런데 하도 걸리니까 나중에는 피부시술을 받고 성형을 하더니 부드러운 인상이 되었다. 그러더니 검문에 걸리지 않는다고 좋아했다.

둘째, 편안한 인상이 될 수 있는 환경을 만들어야 한다. 금전적으로 쪼들리면 인상도 쪼들려 보인다. 경제적으로 부유해질 수 있는 다양한 계획을 세워 실천한다. 사실 이 부분은 어디서부터 어떻게 해야 할지 막막하다. 하지만 반드시 방법이 있고, 결과는 제일 좋다. 물론 금전적으로 풍족하다고 해서 다 인상이 좋은 건 아니지만 말이다. 소위 갑질하는 사람들의 인상은 사나워 보인다.

셋째, 인상이 좋은 사람들과 어울려야 한다. 주위사람을 둘러보라. 지금 인상이 좋은 사람들과 살고 있는가, 아니면 인상이 사납거나 늘 찡그리는 사람들과 살고 있는가? 주위사람들은 나에게 알게 모르게 영향을 준다. 자주 보면 닮는다고 하니 말이다. 나는 어느 순간부터 나에게 부정적인 영향을 끼치는 사람을 멀리했다. 대신 관심 있는 분야의 커뮤니티에 가입하여 마음에 맞는 사람들과 만났다.

사람의 인상을 보고 커뮤니티에 가입하기도 했는데 그 중 하나는 〈선대인 경제 연구소〉다. 선대인 연구소장님의 얼굴은 관상학적으로도 완벽하고, 각종 사회이슈에 대해 소신 있게 말하는 모습에 반해서 좋아했다. 결국 그가 운영하는 연구소에 가입하게 되었다. 또한 운 좋게도 나랑 같은 지역에 사신다는 것을 알게 되어 지역 모임에도 나가고 있다. 그의 능력과 선한 영향력을 본받고 싶었던 터라 수시로 좋은 기를 받고 있다.

또 하나는 〈정승환 팬 카페〉다. 그동안 가창력이 좋은 가수는 많이 보아 왔지만, 그 토록이나 좋은 사람, 좋은 노래라는 느낌이 든 적은 없었다. 그래서 그 감동을 팬들과 공유하고 있는데 각종 공연등에 참석하면서 좋은 인상의 사람들을 많이 만나고 있다. 좋아하는 커뮤니티에 가입해서 회원들을 만나면 취향이 비슷하다 보니 기분이 좋아진다.

그들과의 긍정적인 에너지는 내 인상에 좋은 영향을 줄 수밖에 없다.

넷째, 수시로 거울을 보며 인상을 관리한다. 매장의 매출전표를 매일 확인하듯 하는 것이다. 인상이 안 좋으면 수지가 안 맞는 인생이 보장되어 있다. 나는 거울을 볼 수 있는 곳이면 어디든 이용했다. 주차되어 있는 차의 백미러나 쇼 윈도우, 전철 창문, 핸드폰 액정 화면 등 내가 어떻게 보이는지를 수시로 체크한다. 그러다가 무안을 당한 적도 많다.

다섯째, 두뇌를 수시로 리필한다. 요섹 남, 뇌섹 남이라는 말들이 생겨나고 있는데 뭐니 뭐니 해도 뇌섹 녀나 뇌섹 남이 최고의 매력이 있다. 10년 전에 읽었던 독서량으로 버티는 건 금방 바닥이 드러난다. 얼굴에는 읽은 책이나 지적 활동이 고스란히 쌓인다. 내 친구는 사람들과 만나서 대화할 때는 꼭 책을 보다가 나간다고 했다. 그러면 대화할 때 자신이 지적으로 말을 하고 있다는 느낌이 들고 얼굴도 지적으로 보인다고 했다. 화장품으로 메이크업을 하듯이 책으로 '보이지 않는 메이크업'을 하는 것이다.

대부분 건강이나 피부 관리는 열심히 한다. 하지만 표정이나 인상관리에 대한 개념은 약한 것이 사실이다. 같은 공간에 다른 사람이랑 같이 있다고 가정해보자. 그 사람의 건강, 몸매, 피부 등이 안 좋다고 해서 내 기분이 상하는 일이 있을까? 그러나 표정이 유난히 사납거나 퉁

명스럽고, 인상을 쓰는 사람과 같이 있으면 기분이 나빠진다. 인상이 나쁘면 결국 사회생활이 힘들어질 수 있는 것이다.

가정생활이나 회사를 경영하듯이 자기 얼굴을 경영해보자. 당장 효과를 피부로 느낄 것이다. 갑자기 누가 돈을 맡긴다고 할지도 모른다. 아니면 최고의 배우자가 나타날 수도 있다. 직장에서 더 인정받을 수도 있다. 게다가 이 경영에는 돈이 한 푼도 안 들 뿐더러 그 효과를 모두 본인이 누리게 되어 가성비면에서 최고의 경영이 될 것이다.

02

인상을 알면 그 사람이 보인다

"사람을 처음 만날 때 그 사람이 어떤 사람인지 알기 위해 노력한다.
그 때 가장 먼저 보는 것은 그 사람의 인상이다.
나는 인상만 보고도 그 사람을 알아내는 데에 많은 노력을 기울여 왔고,
지금은 얼굴을 한 번만 보고도 알 수 있다."

　　　　　우리는 사람을 처음 만날 때 그 사람이 어떤 사람인지 알기 위해 노력한다. 그 때 가장 먼저 보는 것은 그 사람의 인상일 것이다. 나는 사람의 인상만 보고도 그 사람을 알아내는 데에 많은 노력을 기울여 왔다. 그 결과 지금은 얼굴을 한 번만 보고도 알 수 있다. 노력을 하게 된 계기가 있었다. 남편과 같이 사업을 하게 되면서부터다.

남편은 천성적으로 착한 사람이다. 소위 '법 없이도 살 사람'인데 문제는 다른 사람이 법을 안 지킨다는 데 있다. 착한 사람을 보면 그 틈을 승냥이처럼 파고들어 낚아채는 사람들이 있다. 남편이 몇 번의 혹독한 일을 당하고 나자, 내가 대신 나서서 파수꾼 역할을 했다. 그 승냥이들은 때론 다정한 친구처럼, 때론 의젓한 선배처럼 나타나기도

한다. 제일 고약한 것은 '거지 코스프레'의 주인공들이다.

사업을 하는 후배가 자기는 돈이 없어 밥을 굶는다면서 남편에게 돈을 빌려간 적이 있다. 그런데 몇 달이 지나도 돈을 안 갚는 것이었다. 알아보니 그 후배는 여기저기서 빌린 돈으로 여자가 있는 술집 등에서 흥청망청 쓰고 다녔다. 그 돈은 1년이나 지나서야 돌려받을 수 있었다. 내가 그 때 남편에게 말했다. "그 후배는 원래부터 인상이 안 좋았어."

착한 남편과 같이 살다보니 항상 눈을 부릅뜰 수밖에 없었다. 몇 번의 국제적인 사기를 당하고 사업이 힘들어지자, 남편은 내 말을 들을 수밖에 없었다. 사기꾼들은 마치 전문적인 직업인처럼 행동했다. 그리고 하나의 패턴이 발견되었다. 내가 겪은 국제적인 사기꾼들의 특징은 이렇다.

첫째, 미국 시민권자이다.
둘째, 공무원인 중국인 현지처가 있다.
셋째, 각 분야의 전문가들을 귀신같이 알아내어 먼저 연락을 해온다.
넷째, 말솜씨가 현란하다. 상대방이 혹할 만큼 띄워주는 능력이 있다.
다섯째, 가짜 법인을 설립하여 투자를 유도한다.

이런 사기꾼들은 국제적으로 맹활약을 한다. 고소를 해도 미국 시민 권자라서 공항에서 무사통과되었다. 보통 미국과 중국, 한국 등에서 이중 결혼생활을 하고 있었는데, 중국 현지처들이 공무원들이라 각종 서류들을 꾸며주었고 그 서류로 사기를 치곤했다. 나는 이들의 '눈부신 활약상'을 지켜보면서 맘고생을 심하게 했다. 스릴러 영화 뺨치는 에피소드도 많다.

남편이 실수로 유령회사에 투자를 한 적이 있다. 그 일로 마음고생이 심하던 중 어떤 사람에게서 전화가 왔다. 그 사기꾼을 잡도록 도와주겠다는 것이었다. 그러면서 여러 차례 미팅을 하면서 관련 자료를 달라고 했다. 우리는 순순히 서류를 건네주었다. 하루는 그에게서 전화가 왔다. 그 사기꾼이 구치소에 있으니 빨리 가서 고소를 하라는 것이었다. 나는 곧바로 구치소로 찾아갔다.

그러자 그 사기꾼이 자기도 사기꾼이지만 나에게 연락한 사람이 진짜 큰 사기꾼이라고 했다. 그가 주식문제로 자기를 잡아넣고 일을 크게 벌일 거라고 말이다. 그러면 투자자들이 돈을 다 날린다고 했다. 그러면서 우리한테 사기 친 돈을 돌려 줄 테니 자기를 고소하지 말아달라는 것이다. 그 때 나는 누구의 말을 들어야 할지 난감하기만 했다. 그 때 큰 사기꾼한테서 전화가 왔다. 빨리 고소 절차를 안 밟고 뭐 하느냐고 재촉을 했다.

그 야말로 '큰 사기꾼'과 '작은 사기꾼'의 대치구도였다. 빨리 결정을 해야 했다. 결국 나는 구치소 사기꾼 말을 듣고 고소를 하지 않았다. 나중에 보니 내 육감이 맞았다. 그때 내가 그런 결정을 내린 비결은 딱 하나다. 누가 거짓말을 하고 있느냐를 알아내는 것이었다. 물론 둘 다 사기꾼이었지만, 그 건으로 해서는 나의 육감 상 '큰 사기꾼'이 거짓말을 하고 있었다.

상해에서는 여자 사기꾼도 보았다. 친구가 단골로 가던 마사지실 원장이었다. 보통 마사지 실은 선불제다. 그 점을 이용해서 회원을 수백 명 가입시킨 뒤 미국으로 야반도주한 것이다. 알고 보니 사기 등 전과 18범이라고 했다. 미국시민권자라 고소도 쉽지 않았다. 미국을 거점으로 교민들의 자녀유학 송금을 대행해주면서 막대한 돈을 빼돌리기까지 했다.

그 일이 있기 직전 친구가 그 미용실을 나에게 소개시켜 주었었다. 그런데 원장님 얼굴을 보자마자 얼굴이 탁하고 지나치게 친절한 게 내 눈에 들어왔다. 입은 웃고 있는데 눈에는 마음이 담기지 않았다. 그래서 나는 마사지를 1회만 받고 끝냈다.

겉에 드러나는 미소나 당장 잘 해주는 행동에 속는 사람들이 많다. 이 마사지실 원장에 대한 사람들의 평은 둘로 나뉘어 있었다. "인격적으로 훌륭하신 분이다"라는 쪽이 8이라면,

"나를 언제 봤다고 그렇게 간까지 빼줄 정도로 잘 해주나? 좀 오글거린다."하며 의도를 의심하는 쪽이 2였다. 그리고 나처럼 동물적인 감각으로 평가하는 사람도 가끔 있었다. 얼굴이 딱히 뭐라 말할 수는 없는데 기분이 안 좋다고 했다.

수많은 데이터가 섞여서 알 수 없지만 원장은 어떤 식으로든 단서를 흘렸을 것이다. 원장이 직접 마사지를 해준 적이 없다고 하는 것 등 말이다. 처음부터 사기를 치려고 선불제인 마사지실을 차린 것이다. 또 자녀유학 송금을 중개할 때 시간이 많이 걸리는 데 대해 자세히 알아볼 수도 있었다. 수지타산이 안 맞게 비용이 싼 것도 수상했고, 직원이 수시로 바뀌는 데 대해서도 의심해볼 수 있었다. 그런데 당장 싸고 잘 대해 주니 손님이 많았던 것이다.

여자들은 남자들보다 상대적으로 육감이 발달했다고 한다. 사람 나름이겠지만 여자들은 사람을 보는 눈이 발달한 듯하다. 이런 감각은 될성부른 떡잎을 미리 알아내는 데도 활용된다. 얼마 전 나는 텔레비전에서 오디션 프로그램을 보게 되었다. 어디서 노래 소리가 들려오는데 목소리가 너무 맑고 진실한 것이다. 그래서 텔레비전을 보니 오디션 프로그램에서 한 고등학생이 부르는 노래였다.

그 학생은 하교 후에 급하게 왔는지 교복을 입고 노래를 불렀다. 머리는 반항아처럼 눈을 다 가릴 정도로 앞머리가 길었다. 무대 위에서의 표정도 상당히 반항적으로 보였다. 표정도 무뚝뚝하고 말도 건성건성 하는 듯했다. 그런데 이상하게 끌림이 있었다. 나이가 어린데도 무척 속이 깊고 진실해 보이는 것이었다. 무엇보다도 노래가 끝나고 나서 인사를 90도로 깍듯이 하는게 마음에 들었다. 오디션처럼 극도로 긴장된 상태에서는 무의식이 작동하기 쉽다. 인사 같은 건 깜빡할 수도 있고 대충 할 수도 있다. 그런 순간에도 눈에 띌 정도로 깍듯하게 인사를 하는 것이었다. 내가 확신에 차서 말했다.

"저 학생이 분명 우승할거야. 그리고 되게 착해 보여. 지금은 저렇게 까칠해 보이지만 속은 다를 걸? 긴장되어서 자길 방어하느라 까칠해 보인 거야."

남편은 노래는 잘 하는데 성깔 있게 생겼다고 부정적으로 말했다. 나는 남편의 말을 강하게 부정하고, 그 학생이 나오면 무조건 챙겨보았다. 과연 노래를 너무 잘하고 심성도 좋다는 것이 점점 드러났다. 내가 짐작한 것이 다 맞은 것이다. 그는 정승환이라는 가수다. 작년에 데뷔했는데 점점 인기가 높아지고 있다. 내 예상대로라면 앞으로 크게 성공할 것이다.

이런 나의 예감은 어디서 온 것일까? 타고난 여자만의 육감과, 사업하면서 치열하게 몸으로 부딪히며 얻은 경험에서 나온 것 같다. 오디션 가수들에게 아줌마 팬들이 많은 이유가 있다. 아줌마들은 여자만의 육감과 자녀를 키운 경험이 더해져서 사람 보는 눈이 특별히 발달한다. 그 결과 일찌감치 잘 될 가수를 알아보는 것이다.

사람을 볼 줄 안다는 것은 무엇을 말하는 것일까? 바로 그 '사람의 인상을 본다.'는 것이다. 사람의 인상에는 모든 정보가 담겨있다. 다만 볼 줄 아는 사람에게만 보이는 '벌거숭이 임금님'일 뿐이다. 이 때 단순한 지식보다는 몸으로 부딪히면서 얻은 깨달음이 중요하다. 경험을 넓히고 마음을 넓혀라. '지식 부자'보다는 '경험 부자'가 훨씬 유리한 게 인생이다.

03

얼굴은 광고판과 같다

"나는 오늘 내 얼굴표정으로 어떤 광고를 하고 다녔나 돌아본다.
그리고 내일은 좋은 메시지를 담아서 광고하기를 바란다.
'얼굴광고판'은 무료지만 어느 광고판보다 파급효과가 크다.
그 사람의 모든 걸 한 번에 드러내니 말이다."

얼마 전 세계 대통령의 얼굴 순위 발표가 있었다. 예상외로 우리나라 문재인 대통령이 7위를 차지했다. 지금까지 우리나라 역대 대통령들의 얼굴을 생각해보면 그 결과가 놀랍다. 우리나라에서 미남 대통령은 아예 기대조차 하지 않았었는데 말이다. 그럼 문재인 대통령이 과연 다른 나라 대통령들보다 잘 생겨서일까? 순위에 든 이유를 보면 그 답이 나온다. 즉 문재인 대통령이 상위권에 오른 이유는 인상이 좋아서라고 한다.

대부분 60이 넘은 각국 대통령들의 얼굴을 평가한다는 것은 남다른 의미가 있다. 젊었을 때 제 아무리 잘 생기고 예쁜 얼굴이었더라도 60이 넘으면 쭈글쭈글해지고 머리는 하얗게 센다. 미모라기보다는 대통령들의 인품이나 패션, 인상, 매너 등이 중요할 것이다. 그런 면에서 우리나라 대통령이 순위에 들었다는 것이 그렇게 반가울 수가 없다. 대통령의 얼굴은 그 나라의 얼굴이기 때문이다.

작년에 국정 농단 사건으로 인해 국격이 떨어져 많은 교민들이 창피함을 느꼈다고 한다. 국가적 위기의 시간에 미용시술을 하고 머리치장을 했었다는 이야기는 경악을 금치 못하게 했다. 그래서 독일 메르켈 총리의 수수한 단발머리가 돋보이기도 했다. 외모 가꾸기는 상황에 맞아야 한다. 만약 여기자가 화장을 진하게 하고 하이힐을 신었다면 그 기자가 전하는 내용에 신뢰가 가지 않을 것이다.

나는 어렸을 때 한 가지 궁금한 게 있었다. 왜 얼굴만 옷을 안 입느냐는 것이다. 우리는 몸 전체에 무언가 두른다. 손에도 장갑을 끼고 발에는 양말을 신는다. 머리에도 모자를 쓴다. 그런데 얼굴만은 가리지 않는다. 아마 반드시 노출해야 하는 기관이 다 있어서일 것이다. 숨을 쉬는 코와 입, 시력을 담당하는 눈, 청력을 담당하는 귀 말이다. 그런데 결과적으로 이렇게 노출되는 얼굴은 그 사람의 많은 것을 보여주는 역할을 한다.

어렸을 때부터 오랫동안 머릿속을 맴돌던 생각이 하나 있다. 중학교 국어시간이었다. 수필을 공부하던 중 국어선생님이 말씀하셨다. "사람은 마흔이 넘으면 자기 얼굴에 책임을 져야한다"고 말이다. 나중에 알아보니 링컨 대통령이 한 말이었는데 추남에 가까웠던 남자가 한 말이라 더 와 닿는다.

　나이가 들면 미남, 추남 할 것 없이 노화현상에 의해 외모가 상대적으로 평등해진다. 그에 반해 얼굴에서 풍기는 분위기는 천차만별로 달라진다. 기품 있는 얼굴이 되어 존경받느냐, 아니면 옹졸하고 고집스러운 얼굴이 되어 모두가 기피하느냐로 말이다. 부모로부터 받은 외적인 부분은 그 영향이 대부분 사라지고, 자기가 개척해온 인생의 결과물이 얼굴에 남는다. 그 말은 링컨처럼 위대한 일을 한 사람이 자신의 삶을 자랑스러워하는 말처럼 느껴진다. 생전에 얼마나 당당하고 자신감 있게 말하고 걸었을까 싶다.

　나는 그 '얼굴에 책임을 진다'는 말이 심각하게 느껴졌다. '어떻게 책임을 진다는 거지?', '나이나 외모로 입장을 제한하는 클럽처럼 출입을 제한하기라도 한단 말인가?' 예를 들어 얼굴이 무척이나 무책임하게 생긴 사람이 어느 파티에 들어온다. 그리고 마흔이 넘었다. 39살까지도 용서해주는데 말이다. 그래서 누군가 탁 막아서며 "여기는 입장 못하십니다. 물이 나빠지니까요." 그러는 건 아닐까 하면서 말이다.

　나는 어릴 때부터 줄곧 마흔이 되기 전에 반드시 내 얼굴을 책임지는 사람이 되어야겠다고 결심하곤 했다. 얼굴에 책임을 진다는 게 무언지 고민하기도 했다. 성숙한 얼굴을 말하는 것 같기도 하고 멋진 분위기를 말하는 것 같기도 했다. 그런데 주변의 중년 아저씨 아줌마들을 보면 멋지기는커녕 고집스러운 꼰대스타일의 아저씨나 이기적이고 억척스러운 아줌마들이 대부분이었다.

어린 시절 사교적인 친정어머니 덕분에 우리 집에는 늘 손님으로 북적였다. 시끄러워서 공부가 안 될 정도였는데 지금 생각하니 일찌감치 어른들의 세계를 엿볼 수 있었던 기회였다. 속으로 '마흔이 넘으면 저렇게 차이가 많이 나는구나' 생각이 들었다. 그리고 나는 반드시 멋진 '마흔 살'이 되어야겠다고 결심하곤 했다.

우리 집에 자주 놀러오던 아줌마 몇 분이 떠오른다. 어떤 아줌마는 곱게 나이를 먹었다는 느낌이 들게 우아하셨는데 바로 옆집에 살던 분으로, 국내 유명가수의 누님이셨다. 그 누님의 집에는 그 가수의 트로피가 수십 개 있었는데, 해외에 주로 사는 동생 대신 보관해주신다고 했다. 실제로 잡지 인터뷰에서 그 가수가 그 누님을 어렸을 때부터 따랐다고 쓴 것을 보았다. 그 분은 원래 간호사셨는데, 나이가 들어도 여전히 자기 자신을 철저히 관리하셨다. 아줌마들이 양푼에 밥을 비벼서 우걱우걱 드실 때 그 아줌마는 우아하게 오물오물 드셨다.

무엇보다 늘 책을 손에서 떼지 않으셨다. 덕분에 정치, 사회, 경제 어느 분야에도 모르는 것이 없으셨다. 집에서도 옷차림에 늘 신경을 쓰셨는데 반지의 보석 색과 치마 색깔을 맞춘다든지 하는 식이었다. 그래서 그런지 중년에도 아름다울 수 있다는 것을 보여주고 있었다. 반대로 어떤 아줌마는 입만 열었다 하면 남의 험담을 늘어놓았다. 친하게 지내는 아줌마라도 자리만 비우면 험담을 해대는 것이었다. 그런 분들은 옷매무새도 그렇고 얼굴에 품위라고는 없어 보였다. 멋진 얼굴을 가지려면 먼저 인생을 제대로 살아야 한다는 생각을 했다.

실제로 나에게도 마흔이라는 시기가 다가오자 초조해지기 시작했다. '이제 낼 모레면 마흔인데 난 언제 책임지는 얼굴이 되는 거지?' 하면서 말이다. 마흔이 되어도 크게 달라지는 게 없어보였다. 여전히 변덕스럽고 감정적이고 말이다. 어른이 되려면 멀었구나 생각이 들었다. 그런데 50세가 되니 조금 달라지기 시작했다. 둘째 아이의 사춘기까지 겪고 난 후일 것이다.

어느 날부터 나를 좋아하던 아들이 나를 마음에 들지 않아 했다. 또 있다. 투정 부리고 변덕스럽게 행동해도 다 받아주던 남편이 변한 것이다. 츤데레의 전형이었던 과묵 형 남편이 잔소리를 하고 예쁜 그릇을 사오기도 한다. 남자 갱년기 우울증인 것 같다며 관심을 좀 가져달라고 말하기도 한다. 내가 예전에 하던 행동을 나한테 해서 오히려 내가 감싸줘야 하는 대상이 되어버린 것이다.

그러자 내가 너그러워지기 시작했다. 누군가에게 기대고 위로받을 게 아니라 내가 누군가를 위로해주고 사랑해주어야 한다는 사명감이 생겼다. 그러자 내 인상이 좋다는 말이 들리기 시작했다. 젊고 예쁠 땐 듣고 싶어도 못 듣던 말이다. 내가 나만을 향할 때는 공허하더니, 남을 향하니 마음이 풍요로워졌다. 남을 향하는 마음이 얼굴에 드러나면 좋은 인상이 되는 것 같다.

얼마 전 이사를 했다. 아파트는 아래층에 사는 사람이 갑이다. 층간 소음 때문이다. 하루는 아래층 사람을 엘리베이터에서 마주쳤다. 나이가 지긋한 여자 분이다. 내가 먼저 인사를 했다. 그러자 며느리한테 놀러 온 거라고 하시면서 이런 저런 말씀을 하시면서 그러신다. "인상이 참 좋은 애기엄마네요." 나는 속으로 기뻤다. 시어머님이 좋게 말씀해 주시면 앞으로 아들내외가 우리 집 소음에 대해 불평을 덜 하게 될 것이다.

오늘도 내 얼굴에는 많은 것이 담길 것이다. 그리고 사람들은 책을 읽듯이 내 얼굴을 읽을 것이다. 사람들이 내 얼굴에서 부디 좋은 것들만 읽을 수 있기를 바란다. 간혹 얼굴에 버젓이,

"나 오늘 건드리지 마세요. 몹시 화가 나 있거든요." 라고 씌어있어서 접근 금지시키거나, "어제 밤새 술을 퍼 마셨더니 몽롱하네요."라

고 하면서 자기 관리 못한 걸 광고하거나,

"나는 되는 일이 하나도 없는 인생 낙오자예요." 하면서 값싼 연민을 강요하거나.

"나한테 함부로 하는 것들이 나타나기만 해봐라." 하는 거만한 표정을 보이느냐, 아니면

"참 신선한 날씨네요. 감사한 일들이 오늘도 참 많아요." 하면서 온화한 미소를 짓거나,

"지금까지 힘든 일이 많았지만 인생은 참 살만해요. 그런 삶을 견뎌온 내가 자랑스럽고요." 하면서 '인생 선배'의 표정으로 위로의 메시지를 던지거나 말이다.

이렇듯 많은 것을 나타내는 얼굴표정. 나는 오늘 내 얼굴로 버젓이 어떤 광고를 하고 다녔나 돌아보게 된다. 그리고 내일은 되도록 좋은 메시지를 담아서 광고하기를 바라본다. '얼굴광고판'은 무료지만 어느 광고판보다 파급효과가 크다. 그 사람의 모든 걸 한 번에 드러내니 말이다.

04

사소한 습관이 표정으로 남는다

"평소의 사소한 습관들이 얼굴에 쌓여서 표정을 만든다.
대체로 며느리를 구박하는 시어머니들의 얼굴은 심술보가 늘어져 있다.
소위 꼰대라고 불리는 아저씨들은 입을 굳게 다문 표정이 많은데
고집스럽고 권위주의적으로 보인다."

세탁기가 또 고장이 났다. 구입한 지 10년
이 넘어서 여러 번 AS를 받아왔는데 이제 부속품 자체가 안 나온단다.
어쩔 수 없이 세탁기를 새로 장만했다. 그런데 이 세탁기는 컴퓨터와
마찬가지라고 한다. 세탁물을 넣으면 스스로 눈치를 채서 세탁방식을
결정한다. 세탁물을 넣고 버튼을 누르니 이리저리 몸통을 굴린다. 마
치 우리가 눈알을 굴리면서 잔머리 쓸 때랑 똑같다. 그래봤자 세탁기
이고 기계일 뿐이지만 말이다.

작년에는 내 몸이 여기저기 AS를 받아서 마치 고장 난 세탁기와 같
았다. 목 디스크 판정도 받았는데 중요 부품이었나 보다. 하루 병원비
가 검사비부터 치료비까지 80만원이나 나온 걸 보면 말이다. 목 부품

하나가 이 정도인데 나중에 심장이라도 크게 고장이 나면 어떻게 될까? "이제 더 이상 손을 볼 수 없이 망가졌습니다. 다른 부속품으로 교체하시든가 다른 몸으로 사셔야 할 것 같습니다." 라는 소릴 병원에서 듣게 된다면, 아니 교체도 불가능할 만큼 낡아서 그냥 몸을 버리시라는 말을 듣는다면……. 생각만 해도 끔찍하다.

이제 생활방식을 재점검해봐야 하나보다. 그럼 이제 고개를 푹 숙이고 스마트 폰을 세 시간 가까이 본다든가, 한 개로는 아쉬워서 두 개씩 베고 자던 습관을 바꾸어 베개를 꼭 한 개만 베고 자야 하나? 공상에 잠겨 턱을 괴거나, 각이 잘 나오게 다리를 꼬고 앉으면 안 되는 걸까? 그래도 우리 집 세탁기보다는 내가 낫다는 생각이 든다. 버려지지 않고 계속 AS받으며 살 수 있으니 말이다. 내 몸을 점검하고, 최상의 상태를 유지하는 것은 인간이 가진 특권이 아닌가?

문득 거울을 보았다. 노안이 온 것과 가끔 치과에 가는 것만 빼고는 얼굴이 고장 나는 일은 거의 없다. 그런데 고장이 나지 않는다고 해서 꼭 온전한 걸까? 물론 얼굴이 늙는 것은 기계가 낡는 것과는 다르다. 하지만 얼굴도 오랜 시간동안 인생을 버텨내 주느라 버거운 부분이 있었을 것이다. 얼굴에도 애프터서비스를 받을 부분이 없나 하는 생각이 든다. 미적으로 성형하는 것 말고 말이다. 혹시 수리 받아야 할 것들이 있는데 지나친 것은 없을까?

만약 있다면 이런 것들이 아닐까? 내 생일을 깜빡 잊어버린 남편에게서 서운했던 날, 그 때의 볼썽사나운 눈빛이 내 얼굴 한편에 남아 있을지 모른다. 또 직장상사에게서 받은 스트레스로 하루 종일 이마를 찡그렸던 흔적이 남았는지도 모르겠다. 이런 주름이나 볼썽사나움은 교체할 수도 없고, 약으로 회복시킬 수도 없다. 모 식품 광고의 '맛이 쌓인다' 라는 말처럼 조용히 쌓여갈 뿐이다.

하지만 내 얼굴은 마치 거대한 지층처럼 켜켜이 다 기억하고 있다. 양미간의 주름살 위에, 양 볼의 근육 속에, 눈가의 건조한 주름살에 말이다. 이런 것들도 기계처럼 제 때 제 때 애프터서비스 받았더라면 좋았을 것이다. 그러면 지금보다 그 지층의 때깔이 훨씬 곱지 않았을까?

간혹 표정은 물리적인 것으로 만들어지기도 한다. 나는 언젠가 부터 우리 딸의 웃는 모습이 신경 쓰이기 시작했다. 웃을 때 입술이 왼쪽으로 약간씩 올라가는 것이었다. 그렇게 비대칭으로 웃으면 마치 비웃는 것처럼 보였다. 그래서 왜 비웃느냐고 물어보면 자기는 그렇게 웃은 적이 없다며 억울해했다. 그 원인은 얼마 후에 밝혀졌다. 우리 딸이 이빨 교정을 하러 갔는데 담당의사가 그러는 것이었다. 웃을 때 왼쪽으로 입술이 쏠린다고 말이다. 즉 덧니로 인해 부정교합이 일어 입술 한쪽이 일그러지는 원인으로 작용했다는 것이다. 의사말대로 교정이 많이 진척된 지금은 웃을 때 비대칭이 되는 일이 없어졌다. 교정을 하지 않았다면 우리 딸은 살면서 많은 오해를 받았을 것이다.

대칭적으로 웃기 시작하면서부터 딸아이의 태도가 전보다 많이 부드러워졌다. 이처럼 표정과 마음가짐과는 밀접한 관계가 있다. 사소한 습관이 표정에 영향을 주고 성격에도 영향을 준다. 실험삼아 웃으면서 욕을 한 번 해 보라. 어떤 욕도 하기 힘들 것이다. 사람은 무의식적으로 어떤 자극이나 형식에 의해 지배를 받는 존재이다. 사진을 찍을 때 "치즈"라고 해야 어색하게나마 웃는 얼굴이 나오는 것처럼 말이다.

표정을 보면서 하는 대화는 말로만 듣는 것보다 강력한 힘을 가진다. 양미간에 굵게 세로줄을 만들며 이야기 하는 사람들이 가끔 있다. 양미간은 상대방의 시선이 닿는 곳이라 특히 신경이 쓰이곤 한다. 스트레스를 많이 받거나 피곤할 때는 누구나 양미간이 찌푸려진다. 그런데 그게 습관화가 되면 굵은 주름으로 자리를 잡는다.

무심코 하는 사소한 습관들이 쌓여서 표정을 만든다. 예를 들어 심술이 난 표정을 자주 짓다보면 진짜로 심술보가 늘어지는 경우를 많이 보았다. 대체로 며느리를 구박하는 시어머니들의 얼굴은 심술보가 늘어져 있다. 소위 꼰대라고 불리는 아저씨들은 입을 굳게 다문 표정이 많은데 고집스럽고 권위주의적으로 보인다. 거울을 보며 온화하게 미소 짓는 연습을 한다면 이렇게 꼰대처럼 보이진 않을 것이다.

젊은 여성들의 경우 눈 흘기는 표정을 많이 짓는다. 그런 눈 흘김이 어쩌다 한 번이면 귀엽지만 습관적으로 하다보면 그대로 표정으로 굳어지는 경우가 있다. 그러면 얼굴이 고상한 것과는 거리가 멀어진다. 인자한 할머니들의 표정은 보는 사람으로 하여금 따스한 마음을 갖게 한다. 그 할머니는 하루하루를 어떻게 살아오셨을까 하면서 궁금해지기도 한다. 남을 배려하고 돌보는 일을 즐겨하셨을 것 같다.

나이 드신 분들의 인자한 표정은 보는 이로 하여금 한 편의 고급 다큐멘터리를 보는 것 같은 감동을 준다. 내가 좋아하는 배우 오드리 헵번은 할머니가 되어 표정만으로도 감동을 주었다. 아프리카 아이들을 안고 있는 그녀의 사진은 요즘도 여기저기서 볼 수 있는데, 그녀가 고급 보석을 걸치고 열연한 영화 〈티파니에서 아침을〉에서보다 더 아름다워 보인다. 경험이 더해진 표정 때문이다.

그녀가 젊은 시절 지었던 표정에는 사랑스러움과 세련된 멋이 있었지만 나이가 든 얼굴에는 불쌍한 아이들에 대한 깊은 사랑과 연민으로 주름마저 아름다워 보인다. 그 주름을 볼썽사납게 보톡스로 팽팽하게 당기지 않고 말이다. 그대로 드러나는 그녀의 얼굴 위의 주름에는 인간에 대한 깊은 성찰, 고뇌 등이 고스란히 새겨져 있었다.

평소 얼마나 아이들을 위해 고심했는지 표정에서 고스란히 드러난다. 자신만을 위한 몸치장만 했다면 그런 표정이, 그런 주름이 만들어질 수 있었겠는가? 그녀의 주름은 그녀가 성찰한 만큼의 영혼의 깊이를 드러낸다. 이런 멋진 주름을 가지기 위한 하루하루를 사는 것, 그렇게 산다면 나이 듦이 더 이상 두렵지 않게 될 것이다.

한국인들은 대체로 인상을 쓰고 다닌다. 그 이유가 뭘까? 혹시 삶의 팍팍함에서 오는 건 아닐까? 빨리 원하는 장소로 이동하려는 조급함, 실력대로 치르지 못 한 것 같은 시험에 대한 후회, 나만 가난한 부모 밑에서 태어난 것 같은 박탈감 등 말이다. 매일 이런 부정적이고 조급한 마음들이 웃음을 원천적으로 차단해 버린다.

한 번은 학교에 강사가 와서 웃음에 관한 강의를 했다. 평소 많이 웃으라면서 웃는 표정 만드는 법도 가르쳐 주었다. 그런데 대부분 교사들은 시큰둥한 반응이었고 귀찮아했다. 그러면서 하는 말이 "웃을 일이 있어야 웃지. 억지로 웃으라는 게 더 고문이야." 강사는 그날 진땀을 빼는 분위기였다.

우리나라는 행복지수가 무척 낮다. 우리보다 훨씬 못 사는 부탄은 세계에서 가장 행복지수가 높은데 말이다. 그들은 특별히 삶이 안락하고 웃을 일이 있어서 웃는 것일까? 그 나라에는 GNP처럼 GNH 즉 국민 행복지수가 있다고 한다. 그 나라에는 또 '국민행복청'이 따로 있다고 한다. 나라에서 국민들의 행복할 권리를 보장하는 데 심혈을 기울이는 것이다. 행복은 습관이 아닐까? 습관처럼 일상이 늘 행복한 나라, 그 나라에는 아마 인상 좋은 사람들이 넘쳐날 것이다. 우리나라에도 '국민미소청' 같은 게 있으면 좋겠다. 국민이 미소 짓도록 정부에서 노력을 기울이게 말이다.

되도록 웃으면서 하루를 보내자. 평소의 습관들이 내 얼굴에 차곡차곡 쌓인다. 하루하루를 잘 살아야 하는 이유다. 나중에 꼰대가 되거나 심술 맞은 할머니가 되어 젊은이들에게 외면을 당하면 얼마나 슬플까? 아무리 "나는 절대로 심술 맞지 않아요." 라고 외치고, "나는 절대 꼰대가 아니에요. 알고 보면 꽤 오픈마인드랍니다." 라고 변명해도 소용이 없다. 바쁜 현대인들은 그들의 인상만 보고도 지레 겁을 먹을 수 있기 때문이다.

노후를 대비해서 '인상을 저축하라!' 인상이 나쁜 사람은 나이가 들수록 점점 외로워진다. 아무도 그들 곁에 오고 싶어 하지 않으니 말이다. 그런데 그들을 찾아와야 할 대상이 남이 아니라, 무척 가까운 사이라면 어떨까? 만약 그 대상이 가족이라면 더욱 슬프지 않을까?

05

좋은 인상에는 좋은 기운이 모인다

"요즘 나는 늘 미소를 짓고 다닌다. 인상이 좋아져서
일이 잘 풀린 건지, 일이 잘 풀려서 인상이 좋아진 건지 그 순서는 불분명하다.
하지만 좋은 인상은 좋은 기를 끌어당겨서 점점 더 좋은
인상을 만드는 선순환을 만든다."

몇 년 전 담임을 맡았던 학급에 심하게 욕을 하는 아이들이 있었다. 때론 깡패들이나 쓰는 말에다 패륜적인 내용을 담고 말하기까지 했다. 하루는 국어시간에 식물도 말을 알아듣는다는 내용이 나왔다. 직접 실험해보면 좋을 것 같았다. 먼저 아이들에게 씨앗을 두세 개 정도 가져 와서 화분에 심어 보라고 했다. 그리고 잡초도 뽑아주고 물도 적당히 주고 햇빛도 보여주라고 했다. 무엇보다 칭찬을 해주라고 했다.

숙제나 청소를 싫어하는 아이들도 화분 가꾸기에는 관심을 쏟았다. 그 중엔 '잭과 콩나무' 모델해도 될 정도로 잘 크는 식물들이 있었다. 쉬는 시간에 아이들이 그 나무를 타고 하늘로 올라갈 기세로 말이다. 지나치게 물을 많이 주어 씨앗이 썩은 것도 있었고, 씨앗을 너무 깊게

묻어서 아예 흙을 뚫고 나오지 못 한 것도 있었다. 또 쉬는 시간에 친구들이랑 노느라고 관심을 안 주어서 죽은 화분 등이 나왔다.

그런데 신기하게도 평소 모범생이고 말을 예쁘게 하는 학생의 식물이 가장 잘 자라는 것이었다. 하교 시에는 아이들에게 식물에다 칭찬을 해줬느냐고 물어보곤 했다. 깜빡 잊은 아이들은 그 때 쪼로록 창가로 가서 엉덩이를 뒤로 쑤욱 내밀고는 눈물겨운 한마디를 했다. 대부분의 아이들은 애칭까지 지었다. "콩이야, 맘마 많이 먹고 쑥쑥 커라", "알쏭아, 넌 최고야.", "봉순아, 시원한 물 갖다 줄까?"

가끔 말을 예쁘게 하지 않는 아이의 식물이 잘 자라는 경우가 있었다. 그럴 땐 기지를 발휘해야 한다. "아마 그 옆에 말을 예쁘게 한 학생의 말을 엿들었나 봐요." 그러면 욕하는 학생 화분 옆은 여지없이 다른 데로 이사를 갔다. 화분을 키운 지 한 달쯤 지나고 나자, 점점 아이들의 욕도 사라지고 싸움도 줄어들었다.

아이들은 화분에 정성을 들이며 자신도 정성껏 키운 것이다. 이처럼 말의 힘은 위대하다. 말을 못 알아듣는 식물에게조차도 말이다. 말은 하는 사람에게 더욱 중요하게 작용한다. 좋은 말을 하면서 나쁜 행동을 하기가 얼마나 어려운가 그 반대도 말이다. 좋은 말을 많이 들으면 기분 좋은 부담감이 생겨서, 아이들을 좋은 방향으로 움직이게 한다.

특별히 칭찬이 잘 먹히는 아이들이 있다. 생애 내내 칭찬이란 걸 단한 번도 받아보지 못한 경우다. 수업 시간에 아무 것도 안 하다가 딱 한번 글씨인지 지렁이인지 모를 긁적거리는 학생이 있다. 그땐 "우리 병태가 공부가 재밌어졌나 봐요. 글씨도 원래 이렇게 잘 썼어?" 하면서 과장된 칭찬을 한다. 그러면 과장인줄 알면서도 수업시간에 손을 번쩍 들어 발표도 한다. 문제 학생들도 이런 과정을 몇 번 반복하다 보면 스스로 나쁜 행동을 줄이려고 노력하게 된다.

아이들은 돈 안 드는 칭찬을 왜 받지 못할까? 교사들은 한 반에 30명이나 있는 아이들을 한 번씩만 칭찬해도 한 시간이 다 가버리니 힘들다. 또 부모들은 기대치에 비해 한참 모자란 아이에게 칭찬할 게 없다고 느낀다. 대부분의 남자아이들이 그렇듯 우리 아들은 학교에서 있었던 이야기를 잘 안 한다. 특히 선생님께 혼난 이야기는 내가 선생님에게서 전화를 받을 때까지도 이야기를 안 한다. 그런 아들이 이야기를 할 때가 가뭄에 콩 나듯 있는데 바로 칭찬을 들었을 때다.

칭찬 내용을 보면 참 빈약하기 이를 데 없는 내용이다. 가령 모둠 활동 끝나고 휴지를 치웠다던가 하는 소소한 일들이다. 그 칭찬을 발견하려고 애쓴 선생님의 노고가 보인다. 그런 칭찬을 듣고 나면 아들의 사기는 하늘을 찌른다. 학교 쓰레기는 다 치울 기세다. 나는 이럴 때 반성하곤 한다. 칭찬을 자주 해줄 걸 하고 말이다. 칭찬을 해준다는 건 좋은 기를 불어 넣어 주는 것이다. 심지어 음식물도 좋은 말에는 잘 썩지 않고 좋은 상태를 유지한다고 한다. 눈에는 보이지 않는 '기의 흐름' 때문이다.

사람의 표정이 주는 기는 어떤 영향을 미칠까? 커뮤니케이션에 있어서 언어적인 것보다 비언어적인 것이 주는 효과가 훨씬 크다고 한다. 예를 들어 아무 말 없이 째려본다면 입으로 심하게 하는 욕 이상으로 상처를 받을 것이다. 상대방에게서 좋은 표정을 보면 당연히 좋은 기를 받는다. 상대방에게서 받은 좋은 기는 반드시 되돌려 주게 되어 있다. 좋은 인상을 가진 사람의 일이 술술 풀리는 비결이다. '좋은 기의 순환'은 확대 재생산된다. 직장에서 좋은 기를 받고 온 가장은 집에 가서 가족에게 좋은 기를 전달할 것이다.

나는 뮤지션들을 사랑한다. 우리 딸이 음악을 공부하면서 그 길이 얼마나 힘든지 알게 되면서부터다. 현재 국내에는 훌륭한 뮤지션들이 많이 있다. 그 중에서도 내가 사랑하는 뮤지션 그룹이 있다. '안테나 뮤직'이라는 곳이다. 유희열씨가 대표로 있고 음유시인 가수인 루시드 폴과 정승환, 이진아 등 쟁쟁한 뮤지션들이 포진되어 있다. 적어도 내가 보기에 그들은 소비자 구미에 맞는 음악이란 어떤 것인가를 정해 놓고 출발하는 음악을 지양한다. 각자가 자기다운 음악을 깊이 성찰하고 표현해낸다.

무엇보다 그 음악집단을 특별히 사랑하는 이유가 있다. '좋은 사람,

좋은 음악'이라는 그들의 슬로건 때문이다. 대중음악은 그 대중성 때문에 사회의 공공재 같은 역할을 할 수 밖에 없다. 딱히 듣고 싶지 않아도 여기저기 울려 퍼지는 노래들을 생각하면 그렇다. 그 '공공재'의 생산자가 좋은 의도를 가지고 만들면 생산품이 좋을 수밖에 없다.

그들의 레이블 콘서트에 가서 느낀 점이 있다. 그들은 이 삭막한 도시에 산소를 공급할 숲을 짓는다는 것이다. 다들 반쯤 벗은 차림으로 야한 춤동작과 알 수 없는 가사들로 눈에 보이는 빌딩을 세울 때 말이다. 그들은 오히려 꽁꽁 싸맨 정장을 입고, 건전하게 노래를 만들고 맑은 음색으로 분명한 메시지를 전달한다. 때로는 서민들의 애환을 노래 가사에 담기도 한다. 그들이 공급하는 산소를 마시고 오면 한 달은 너끈히 버틸 힘이 생긴다.

무엇보다 안테나 뮤지션들은 모두 인상이 좋다. 당연한 일 아닌가? 좋은 기가 서로 주고받으면서 증폭이 될 테니 말이다. 그들은 회사명 '안테나'처럼 '기'를 우리에게 전달하고 있다. 그것도 좋은 것으로만 말이다. 아무리 두통이 있고 마음이 산란해도 안테나 뮤지션들의 음악을 들으면 맑아진다. 맑은 기로 작곡한 맑은 음성의 노래가 우리에게 좋은 기로 배달되는 것이다.

나에게는 아무리 노력해도 일이 안 풀리던 시절이 있었다. 그 때는 늘 인상을 쓰고 다녔다. 사람들과 말을 할 때는 양미간에 굵은 주름이 저절로 잡혔다. 내 얼굴을 보는 사람들은 기분이 어땠을까? 같이 인상이 찌푸려졌을 것이다. 일이 안 풀려서 어쩔 수 없이 내 인상이 나빠졌을 수도 있다. 그런데 일이 안 되었던 원인은 무엇이었을까? 세상 모든 일은 인간관계로 이루어져 있다. 인상이 나쁘면 사람들과의 관계가 원만하지 않다. '악순환'이 반복되었던 셈이다.

요즘 나는 늘 미소를 짓고 있다. 나를 쳐다보는 사람들은 당연히 기분이 밝아질 것이다. 인상이 먼저 좋아져서 일이 잘 풀린 건지, 일이 잘 풀려서 인상이 좋아진 건지 그 순서가 불분명하다. 하지만 분명한 것이 있다. 좋은 인상과 좋은 기는 같이 붙어 다닌다는 것이다.

자기가 좋아하는 얼굴을 만들려고 노력하다보면 그 얼굴에 맞는 행동을 하게 된다. 또 좋은 인상은 좋은 기를 끌어당겨서 점점 더 좋은 인상을 만드는 선순환을 만든다. 결과적으로 일이 잘 풀려 나갈 것이다. 무엇이 먼저이든 상관이 없다. 하지만 가장 손쉬운 방법은 먼저 좋은 인상을 만드는 것이다.

06

인복을 부르는 인상은 따로 있다

"매력이 있는 사람은 자연히 인복이 따라온다.
늘 사람들에 둘러싸여 있으니 말이다. 운은 주로 사람을 통해 오게 되어있다.
인복이 있으면 운이 따를 수밖에 없는 것이다.
결국 자기 자신만의 매력을 가꾸면 운이 생긴다는 말이 된다."

사람들이 공주병을 싫어하는 이유가 뭘까 도도하고 남을 무시하는 느낌 때문일 것이다. 그런데 본인도 같은 공주병을 가졌다면 어떨까? 아마 병으로 보이지도 않을 것이다. 오래 전 읽은 기사가 생각난다. 공주병이 있는 사람은 성공확률이 높다는 내용이었다. 그 기사에 의하면 공주병을 가진 사람은 자신을 대단하게 여기고 자신에 대한 기대치가 높다. 자연히 사람들이 자신을 함부로 대하지 못하게 하고, 자신도 행동에 조심한다. 업무에 있어서도 높은 기대치에 부응하려고 노력하기 때문에 성공확률이 높아진다고 한다.

물론 다른 노력은 안 하고 외모만 가꾸는 '저급한 공주병'과는 다르다. 진짜 공주병의 주인공들은 부지런하고 뭐든 최선을 다한다. 어떤 분야에서든 자신이 하고 있는 곳에서 자신이 최고라고 느끼고 거기에 걸맞게 행동하는 사람이다. 그리고 그에 맞는 대가를 당당히 요구한다. 그러면 상대방은 어떻게 대하게 될까? 당연히 함부로 대하지 않을 것이다. 그러니 하는 일이 잘 될 수밖에 없다.

디자인 회사에 같이 근무한 적이 있는 후배 직원은 그야말로 '공주'였다. 그 후배는 실력이 별로 없었다. 대신 매일 화장을 진하게 하고 패션이 화려했다. 대부분의 직원들은 늘 일에 찌들어 잘 꾸미지 않았는데 말이다. 그런데 이상하게도 후배가 하는 현장이 결과가 더 좋았다. 얼핏 생각해보면 현장에 털털하게 입고 나가도 될 것 같다. 하지만 세련되게 차리고 나가야 오히려 인부들이 시키는 대로 잘 했다. 카리스마가 느껴져서 함부로 대하지 않았던 것이다. 외모도 실력만큼, 아니 실력보다 더 중요해지는 순간이었다.

자기 자신을 사랑하는 후배는 늘 당당해서 여자가 봐도 매력이 흘러넘쳤다. 후배는 늘 말했다. 자기는 나중에 유명한 디자이너가 꼭 될 거라고 말이다. 다들 속으로는 비웃었을 것이다. 그 후배는 열심히 노력하기는 했지만 실력이 별로였다. 그런데 진짜로 나중에 사업을 차렸는데 영업을 잘 해서 일을 많이 땄다. 그 결과 지금은 제법 성공했다. 지금 생각해보면 뭐든 영업을 잘 하는 것이 우선적인 것 같다.

그토록 영업을 잘하는 후배에겐 실력보다 더 중요한 것이 있었다. 바로 인복이었다. 사업도 결국 인맥이 중요하기 때문이다. 그리고 일을 많이 따서 많이 하다보면 경험이 쌓여서 실력이 늘 수밖에 없다. 나중에 그 후배가 디자인한 공간이 잡지에도 실렸다. 그만큼 실력이 늘어난 것이다. 그 후배의 인복은 어디에서 생길까? 바로 자신은 잘 될 수밖에 없다는 '믿음'에서 온 것이다. 그 믿음이 상대방으로 하여금 진짜로 잘 되게 도와주는 강력한 힘으로 작용한다. 그 후배는 그 힘을 잘 활용할 줄 알았다.

그 후배가 하루는 회사 앞에서 벤츠를 보고 왔다면서 흥분했다. 그 당시만 해도 외제차가 귀한 시절이라 벤츠는 구경하기 힘들었다. 게다가 그 벤츠의 주인이 30대 중반의 여자란다. 다들 이구동성으로 말했다. "술집 마담인가 보네. 그래도 대낮에 그렇게 벤츠를 몰고 다닐 정도면 크게 성공했어." 그런데 그 후배만은 고개를 흔들었다. "꼭 그렇게만 볼 수는 없죠. 일찍 성공한 사업가일 수도 있잖아요."

그러면서 자기는 그 나이가 되면 꼭 벤츠를 몰고 다닐 거라고 했다. 요즘 그 후배는 벤츠를 몰고 다닌다. 자기 말대로 된 것이다. 그 후배에게서 배운 게 하나 있다. 남들이 자기를 인정해주기 전에 자신이 먼저 자기를 인정해야 한다는 것이다. 그러면 억지로라도 일의 결과가 그에 맞게 꿰어 맞추어진다. 복을 거의 반강제로 자기에게 끌고 온다고 해야 할 것이다.

반대로 운이 없는 사람들을 보면 아무렇게나 꾸미고 다니고 무기력한 행동을 한다. 은연중에 남들이 자기를 함부로 대해도 좋다는 메시지를 보내는 것이다. 이렇게 행동을 하면 끊임없이 남들에게 이용을 당한다. 남을 위해 봉사하고 베푸는 것과는 다르다. 즉 자신의 능력을 이용해서 자발적으로 남을 돕느냐, 아니면 무기력해서 자신을 아무렇게나 해도 좋다고 하느냐의 차이이다. 자기 자신을 사랑하지 않는 것이 들키면 남들도 굳이 그 사람을 사랑할 이유를 못 느낀다. 끊임없이 악순환이 일어나는 것이다.

남들에게 사랑을 받는 사람들은 공통적으로 자신을 사랑한다. 그 사랑이 옷차림이나 말투로 드러난다. 간혹 남들이 인정해줄 때까지 기다리는 사람을 본다. 아니 더 심하게는 남들이 인정해주는데도 자신을 인정하지 않는 사람이 있다. '자신을 사랑하고 가능성을 믿는 것'은 결국 '운이 따르도록 하는 자동 컨베이어 시스템'을 만드는 것과 같다. 주변에 인복이 있는 사람에게서 공통적으로 느끼는 게 있다. 바로 '매력'이 있다는 것이다. 그 매력이라는 건 추상적이라서 한 마디로 딱 잘라 말 할 수는 없는데 몇 가지 공통점이 발견된다.

첫째, 자신감이 있다. 자신을 사랑하고 자기 확신에 가득 차 있다. 간혹 부정적이면서 매력적인 사람이 있는데 오래 못 간다.

둘째, 절제력이 있다. 재클린 오나시스는 말했다. 뭐든 반만 보여줘야 매력이 생긴다고 말이다. 한 번에 다 보여주려는 마음은 매력을 반감시킨다. 매력이 있는 사람들은 행동이나 말에 절제력이 있다.

셋째, 남을 배려한다. 아는 남자 후배는 얼굴이 잘 생긴 건 아닌데 항상 남을 배려했다. 회식 때는 고기를 굽고 짐은 늘 먼저 들었다. 그래서 그런지 인기가 많았다.

넷째, 한 가지 분야에서 뛰어나다. 집중력은 매력이 있는 사람의 특징 중 하나인데 산만한 사람에 비해 자기 분야에서 두각을 드러내는 것은 당연하다.

다섯째, 매사에 여유가 있고 긍정적이다. 부정적인 성격을 가진 사람은 여유가 없어서 미소를 짓지 않는다. 내가 아는 한 기업가는 늘 여유가 있고 웃음을 잃지 않는다. 그는 항상 많은 일들을 척척 해내고 주변에 사람이 끊이지 않는다.

매력이 있는 사람은 자연히 인복이 따라온다. 늘 사람들에 둘러싸여 있으니 말이다. 운은 주로 사람을 통해 오게 되어있다. 인복이 있으면 운이 따를 수밖에 없는 것이다. 결국 자기 자신만의 매력을 가꾸면 운이 생긴다는 말이 된다. 매력이 가진 힘을 누려보자. 요즘 뜨는 연예인 중에는 미남미녀가 아닌데도 인기를 끄는 경우가 많다. 그들을 보면 매력도 노력으로 가능하다는 생각이 든다.

시트콤으로 유명해진 '권혁수'라는 연기자를 보면서 참 재미있고 매력이 있다는 생각이 들었다. 그는 유일하게도 안티 팬이 없다고 한다. 얼굴이 잘 생기거나 연기를 잘 하는 사람은 많다. 그 많은 사람 중에서 인기를 얻으려면 자신만이 가진 독특한 매력이 있어야 하는 것이다. 그는 그런 매력을 부단한 노력으로 개발한 것 같다. 그가 하는 코미디 프로그램에서 1인 다역을 하면서 립싱크 하는 것을 보면 엄청난 시간과 노력이 필요해 보인다. 열심히 노력해서 남들은 하기 힘든 역할을 해낸다는 것 자체만으로도 매력 있는 사람이 되는 것이다.

누구나 자신만이 가진 장점이 있을 것이다. 그 장점을 키우면 누구나 매력적인 사람이 된다. 그런데 대부분 자신의 단점에 집중한다. 그러면 자신감이 떨어지고 스스로가 매력이 없다고 느낀다. 그러면 자신감이 뿜어져 나오지 않으니 다른 사람에게도 매력이 없어 보이는 결과가 나타나는 것이다.

나는 젊은 시절 내 단점에 집중했었다. 하지만 단점에 집중하다보면 절대로 고쳐지지 않는다는 것을 뒤늦게야 깨달았다. 사람은 타고난 기질이 있기 때문이다. 그 기질을 바꾸려 하지 말고, 자신이 가진 장점을 극대화하여 자신감을 가진다면 분명 매력적인 사람이 될 수 있다. 그리고 그에 따라 자연히 인복이 생겨날 것이다. 그리고 인복이 있는 사람은 다른 복들이 저절로 따라온다.

07

현재는 지금껏 살아온 결과물이다

"현재는 내가 꿈꾸고 살아온 결과다. 간혹 현재의 모습이
들지 않는 사람들도 있다. 만약 내가 원한 모습이 아니라면 지금부터라도
다시 꿈꾸면 된다. 지금 나이가 몇이든 상관없다.
어차피 100세를 넘게 지겹게 살 테니 말이다."

고3 때 무슨 전공을 할까 다들 고민을 할
때, 부모님의 뜻대로 나는 교육대학에 입학했다. 그 당시엔 마땅히 진
로에 대한 지식도 없었고, 딸만 다섯인 우리 집에서 어디라도 대학을
보내주면 감지덕지해야 하는 상황이었기 때문이었다. 원치 않는 대학
에 입학하는 나의 당시 심정은 마치 사랑하는 애인을 놔두고, 집안의
반대로 다른 남자에게 팔려가는 모습이었다. 나는 그 당시 초등교육보
다는 조금 더 학문적인 분위기가 풍기는 공부를 하고 싶었다.

결국 거의 꼴찌로 대학을 졸업했다. 졸업하고 얼마 지나서 발령을
받았는데 김포에 있는 작은 시골 동네였다. 그곳 주민 대부분은 인삼
을 재배했는데, 다들 동트자마자 일어나고 저녁 8시만 되면 온 마을이
통행금지 분위기였다. 그 학교는 원래 신규가 발령 나기 힘든 위험한

지역이었다. 그 대가로 몇 년 만 근무하면 금방 승진이 되는 가산점이 있었다. 그래서 교감이 되려는 선생님들이 신청해서는 몇 년씩 자리가 날 때만 기다렸다. 그러니 다들 교장선생님에게 충성을 맹세하는 분위기였다.

문제는 그 분위기가 나에게는 한번 들어가면 죽어서야 나온다는 '알카트로스 교도소'였다는 것이다. 그래서 나는 줄곧 어떻게 하면 무사히 여기를 살아 나갈까만 궁리했다. 게다가 그 탈옥 욕구를 부채질한 것은 내 교실이 학교 사회에선 풍수지리학상 가장 안 좋다는 교장실 바로 옆이었다는 것이다. 그 교장선생님은 곧 정년퇴직하시는 분으로서 까다롭고, 깔끔하고, 소음을 싫어하셨다. 그런데 나는 갓 발령받아 온 신입교사로서 둔하고, 더럽고, 시끄러웠다. 나의 존재는 교장선생님에게 골칫거리였다. 교사회의 때마다 나는 지적을 받았다.

무엇보다 주번 교사가 되면 죽음이었는데, 난 낙엽 성수기 때 내 차례가 돌아오지 않게 해달라고 나무 앞에서 빌고 또 빌었다. 만약 가을철 운동장에 낙엽이 한 장이라도 떨어져 있으면 난리가 나기 때문이다. 이땐 왜 그렇게 오 헨리의 단편소설 《마지막 입새》가 떠오르던지……. "제발 나뭇잎아. 내가 주번 할 때만이라도 붙어있어 주겠니?" 하면서 말이다.

골칫거리인 이 낙엽을 치우기 위해서, 반마다 숙제 안 해온 아이들은 신발주머니에 낙엽을 담아 담임선생님께 보여주는 걸로 벌을 통 치기도 했다. 이해가 안 되었다. 아니, 떨어질 '낙' 나뭇잎 '엽' 아닌가 아니면 엄하게 나무더러 경고라도 해야 한단 말인가? "나무야, 너의 떨 켜를 그렇게 우후죽순 작동하면 안 돼. 날 잡아서 한방에 끝내야 해." 이렇게 말이다.

결국 1년 3개월 만에 교사를 그만두고 말았다. 평생 직업이라는 교사를, 그것도 내 교육철학이 학교와 맞지 않는다는 지극히 고상한 이유로 말이다. 그 후 교사를 그만두고 건축 설계를 시작했다. 그 당시 건설 붐을 타고 있어 건축일이 멋있어 보인 것이다. 그런데 이 일은 밤을 새는 일이 많았고, 위험하기까지 했다. 건설용 엘리베이터인 호이스트를 타고 올라가 외부 보호막도 없는 공사 현장 꼭대기에서 인부들을 진두지휘하기도 했다.

그토록 스펙터클하게 살았지만, 금융위기를 맞아 한국에 돌아올 땐 빈털터리였다. 당시 우리 회사 연매출이 수십억이었는데도 말이다. 한국에 돌아와서는 한동안 친구들을 멀리했다. 초라한 모습을 보이기 싫었던 것이다. 한국에 돌아와 보니 주변 사람들은 단 한 번의 일탈도 없이 한 직업에 오래 몸담고 있었다.

한 번은 아들을 데리고 친구 집에 놀러간 적이 있다. 새로 이사를 간 집이었는데 60평도 넘는 면적에 평면구성이 서구식이었다. 당시 초등학생이었던 우리 아들은 엘리베이터를 탈 때부터 감탄을 해대었다. 엘리베이터 안이 꼭 호텔 같다면서 말이다. 그리고 집에 들어서서는 눈이 휘둥그레졌다. 영화 속에서 볼 수 있는 인테리어를 눈으로 직접 보게 된 것이다.

나는 미안했다. 평소 다른 친구들이 해외여행을 다녀온 이야기에 기가 죽은 아들에게 기껏 한다는 말이 "너는 해외에서 살다 왔잖니?"였다. 특히 우리 아들은 이렇게 넓은 평수의 집에 가면 기가 죽는 것 같았다. 나의 속마음을 눈치 챘는지 친구가 한 마디 했다. "너는 대신 너 하고 싶은 짓 다하고 살았잖아. 너야말로 아쉬울 거 하나도 없겠다. 나는 평생 한눈 안 팔고 지루하게 산 대가로 이 집 하나 생긴 거야."

맞는 말이었다. 나는 그 집과 내 경험을 맞바꾼 것이었다. 그 경험들은 내 얼굴과 뇌와 몸속에 깊숙이 저장되었다. 그리고 가끔씩 필요할 때마다 꺼내 쓴다. 은행에 돈을 저금해놓고 현금인출기로 꺼내 쓰듯이 말이다. 직장에서 이상한 상사가 있으면 속으로 그랬다. '그래도 말은 통하니까 괜찮다.' 나에게는 말도 안 통하는 한족 직원이 우리 회사 컴퓨터 본체를 들고 도망간 경험도 있을 정도다.

직원에게 무서운 협박을 당한 적도 있었다. 하루는 나 혼자 사무실에 있는데, 거친 조선족이 돈을 내놓으라고 협박을 했다. 공금횡령을 해서 내쫓았더니, 나 혼자 있을 때 찾아와서는 1년 치 월급을 퇴직금으로 내 놓으라는 것이다. 나는 그 길로 영사관을 찾아갔다. 그랬더니 여름휴가 중이던 영사가 급하게 달려와서 나와 면담을 했다. 알고 보니 내가 탈북자 같아서 그랬다는 것이었다. 그 당시 탈북자 문제로 중국과 한국이 문제가 심각했었다.

이처럼 스펙터클한 일들을 많이 겪다보니 작은 일에 대해 동요가 없어지는 장점이 있었다. 젊은 시절에는 작은 일만 생겨도 위장병에 걸렸다. 그러나 이제는 고난이 두렵지 않다. 내 그릇이 커진 것이다. 그릇이 커지자 오히려 마음에 평화가 찾아왔다. 젊은 시절 그토록 꿈꾸던 평화였다. 그리고 지금 내 얼굴에는 그동안의 일들이 모두 차곡차곡 저장되어 되어 있다. 이는 힘들게 만들어 온, 내가 원했던 얼굴이다. 가끔 젊은 시절의 소망이 기억이 안 날 뿐이다.

가끔 다른 사람들을 부러워할 때가 있다. 그런데 나보다 나를 더 잘 아는 남편이 나에게 한마디 한다. 하기 싫은 일을 평생 하고 살았다면 지금쯤 나는 정신병원에 있을 것이라고 말이다. 물론 다시 예전의 교사생활을 하고 있지만, 20대 때와는 다르다. 자식을 낳아 기르면서 학생들을 가르치니 학생들을 대하기가 한결 부드러워졌다. 그리고 세상의 거친 일들을 겪고 싶었던 20대 때는 교실 안에만 있는 것이 답답했었다. 그러나 온갖 일들을 겪고 돌아오니, 별일이 없는 현실이 오히려 감사하기까지 하다.

내가 만약 한눈을 팔지 않고 평생 교실에 있었으면 답답함에 늘 바깥생활만 동경했을 것이다. 중학교 동창생은 한 직장에서 평생 일을 해왔다. 그래서 그런지 다이내믹한 인생살이 이야기를 흥미 있어 한다. 내가 살아온 이야기를 들으면서 대리만족을 한다. 그 친구는 대신 다양한 취미생활로 답답함을 푼다고 했다.

현재는 내가 꿈꾸고 살아온 결과다. 간혹 기억이 흐릿해져서 자기가 원한 건 이런 모습이 아니었다고 착각할 때도 있다. 현재의 모습이 맘에 들지 않는 사람들도 있다. 그러면 곰곰이 생각해보면 된다. 내가 꿈꾸었던 모습인데 기억이 안 나거나, 내가 꿈꾸던 모습이 아닐 수도 있다. 그리고 만약 내가 원한 모습이 아니라면 지금부터라도 다시 꿈꾸면 된다. 지금 나이가 몇 살이든 상관이 없다. 어차피 100세를 넘게 지겹게 살 테니 말이다.

PART
03

[제3장]

마음공부가 인생을 바꾼다

마음도 이와 같다. 각종 경험들을 두루 거치면서 마음을 넓히면 된다. 세상에는 예쁜 사람보다 미운사람이 훨씬 많다. 상황이 잘 풀리는 경우는 하늘의 별 따기다. 그런데 두루 두루 세상일을 경험하고 여러 사람들을 경험하다 보면 마음이 무한대로 넓어진다.

01

마음이 '꼴'을 만든다

"얼굴의 어원은 '얼이 담긴 꼴'이라고 한다.
얼은 '혼' 내지는 '마음'이라고 할 수 있다. 그러니 그 마음을 담는 '꼴'에
좋은 것만 담으려고 해야 한다. 세상에서 단 하나밖에 없는 나의 얼굴,
이 귀한 그릇에는 최고의 것만 담자."

요즘은 어디에나 영화관이 들어서 있고, 굳이 외출하지 않아도 안방에서 원하는 영화를 볼 수 있는 시대가 되었다. 하지만 내가 어릴 때만 해도 '주말의 명화' 시간이 거의 유일하게 영화를 보는 창구였다. 그러니 방영시간이 꽤 늦은데도 꼬박 앉아서 보고는 했다. 하루는 〈로마의 휴일〉이란 영화를 보았는데, 거기서 '오드리 햅번'이란 배우를 처음 보게 되었다. 주인공 역할이 공주인지라 기품이 있는 자태가 먼저 눈에 들어왔다.

그뿐이 아니었다. 발랄한 걸음걸이, 청순한 얼굴 등 여자가 갖출 수 있는 모든 매력을 다 가진 듯했다. 그래서 그 배우의 얼굴이 인쇄 코팅된 책받침을 사서 가지고 다녔다. 주로 흑백사진이었는데도 눈빛이 사진 밖을 뚫고 나올 것처럼 생생하고 총명해 보였다.

주말의 명화에 나오는 다른 여배우들도 예쁘긴 했다. 그런데 유독 오드리 햅번만 내 눈길을 사로잡았다. 그게 바로 좋은 인상을 가진 사람들의 매력인 것 같다. 단 한 번 만에 사람들의 눈길을 사로잡아 끌고 가는 힘 말이다. 여배우들의 외적인 아름다움은 그리 오래가지 않는다. 그 뒤에 나타나는 그들의 행적이 그 배우의 진짜 모습이고 매력인 것 같다. 실제로 나중에 오드리 햅번의 은퇴 후 행보는 많은 사람들의 귀감이 되었다.

그 선행은 아들로까지 이어지고 있다. 그 당시 같이 활동하던 다른 여배우들은 달랐다. 자신의 늙어가는 모습을 대중에게 보이기 싫어 칩거하거나, 마약에 찌들거나 한 것이다. 그에 비하면 참 아름다운 일생을 살다간 배우이다. 진정한 아름다움은 외적인 것을 초월하고 시대를 초월하나보다. 요즘도 카페 등 여기저기서 그녀의 포스터가 눈에 띈다.

나는 어릴 때부터 오드리 햅번 사진을 들여다보면서 나의 미래를 그려보곤 했다. 이렇게 아름답고 밝고 착한 여자가 되고 싶었다. 그런데 20대 이후 여러 번 오드리 햅번 닮았다는 소리를 들었다. 몇 번 안 되는데 내 기억 속에서 부풀려졌는지도 모르겠다. 하지만 그건 나에게 신기하고 행복한 말이었다. 그토록 선망하던 여자의 얼굴을 닮았다니 말이다. 사실 눈이 조금 크고 턱이 각진 여자들은 오드리 햅번 닮았다는 소릴 종종 듣는다. 진짜로 닮은 사람을 본 적도 있다.

내가 그런 소리를 들은 것은 아마 매일 사진을 들여다보면서 표정을 따라했기 때문일 것이다. 부부도 같이 살다보면 닮는다고 하지 않는가? 그건 일종의 '표정 모방효과' 이다. 나는 종종 〈로마의 휴일〉에서 공주드레스를 입고 왕관을 쓴 오드리 햅번의 표정을 따라하곤 했다. 몸을 살짝 비틀고 찍은 상반신 사진인데, 그 포즈와 표정을 지금도 따라할 수 있다. 그래서 나에겐 거울을 볼 때면 정면을 보지 않고 살짝 옆모습을 보는 습관이 아직도 남아있다.

이처럼 누군가를 흠모하고 매일 쳐다보면 그 사람을 모방하게 되어 있다. 표정과 걸음걸이, 패션, 말투, 손짓 등 말이다. 그러다가 나중에는 취미나 좋아하는 음식도 따라하고 길게는 인생철학을 따라하게 된다. 나는 실제로 오드리 햅번이 했던 선행을 따라하게 되었다. 지체장애인 목욕봉사나 보육원 봉사 등으로 말이다. 나의 버킷리스트 안에는 항상 오드리 햅번처럼 약자를 돕는 일들이 포함되어 있다. 그런데 절대 못 따라 하는 것이 몸매이다. 날씬하다 못해 빼빼 마른 체형이 멋있어 보여서 따라해보려 하지만, 아무리 굶어도 불가능하다는 걸 알았다.

아직 태어나지 않은 태아의 얼굴도 '모방효과' 를 통해 만들 수가 있다. 첫 아이를 임신했을 때 나는 직장도 그만두고 똑똑하고 건강한 아기를 낳는데 최선을 다했다. 가장 중점을 둔 것은 예쁜 아기 사진을 냉장고에 붙여놓고 매일 바라보는 것이었다. 그렇게 하면 예쁜 아기를 낳는다고 해서 말이다. 뱃속의 아기가 여아인줄 미리 알았던 나는 잡지를 뒤적이며 맘에 드는 여자아이를 하나 찾아냈다. 내가 열심히 뒤져서 찾아낸 사진은 코가 둥글고 약간 납작한데 인상이 좋게 생긴 아이였다. 코가 너무 높으면 차갑고 이기적으로 보인다는 판단 때문이었다.

그런 얼굴을 좋아하게 된 것에는 내 콤플렉스도 작용했다. 내 얼굴을 보았을 때 하나하나는 괜찮은데 매력적인 얼굴은 아니라는 결론 때문이었다. 매력적인 얼굴에 대한 나만의 기준이 있었는데, 남녀 모두 눈 코 입이 너무 크거나 작지 않아야 한다. 대신 전체적으로 조화롭고 온화한 얼굴이 매력이 있어 보였다. 끌리는 사람들의 공통점이기도 하다. 딸이 그런 얼굴로 태어나 많은 사랑을 받고 커다란 어려움 없이 살기를 원했다.

딸을 낳고 보니 과연 효과가 있었다. 내가 원한 대로 매력 있게 생긴 아기였다. 무엇보다 코가 납작하다 못해 콧등이 아예 없었다. 친정엄마는 우리 딸을 보면 아직도 그러신다. 엄마 아빠 둘 다 코가 높은데 이상하게도 딸만 코가 납작하다고 말이다. 사진의 효과가 심하게 나타난 것이다. 남들 눈에는 우리 딸이 그렇게 예쁘진 않았나 보다. 딸을 키우는 내내 다들 아기가 인상이 참 좋다고만 말했다. 돌아서서 나는

생각하곤 했다. '이 세상에 인상이 나쁜 아기도 있단 말인가?'

　얼굴이 예쁘다는 건 지극히 주관적이다. 누구나 인정하는 한국을 대표하는 미인들이 있기는 하다. 그러나 그들도 나이가 들면 미모가 사라진다. 그리고 남는 건 그동안 살아온 흔적이다. 뛰어난 미인들이 나이가 들어 젊을 때의 미모를 되돌리기 위해 과도한 노력을 해서 더 추해지기도 한다. 나는 성형을 심하게 하는 배우들이 가정생활을 원만하게 하는 경우는 본 적이 없다.

　성형을 해서라도 젊음을 유지하려는 성숙하지 못한 마음이 문제일 것이다. 나이에 맞는 배역을 찾으면 되는데 그게 용납이 안 되는 욕심에 성형을 하는 것 같다. 그런 과욕이 결혼생활에 작용하는 건 아닐까? 결혼해서 남편을 내조하고 아이들을 돌보려면 자신을 희생해야 한다. 이럴 때 자기 자신이 돌보여야 하는 성격이라면 힘들다. 게다가 자신의 외모만 가꾸는 배우자에게서는 누구라도 싫증이 날 것이다.

　나는 젊은 시절의 내 얼굴보다는 지금의 내 얼굴이 마음에 든다. 남편도 그런다. 나는 20대 때가 더 예쁘기는 했지만, 지금이 훨씬 편안한 인상이 되었다고 말이다. 나이가 들었다고 누구나 다 편안해지는 것은 아니다. 젊을 때 청순하던 얼굴이 아줌마가 되어서 사나운 인상으로 바뀌는 경우도 많이 보았다. 어렸을 때 미국 드라마에서 보았던 장면이 생각난다. 한 재벌 2세가 집안의 반대를 무릅쓰고 가난한 여인과 결혼을 했다. 그 여인은 청순하고 착한 여자였다. 그런데 나이가 들면서 욕심이 생기고 얼굴이 추해져갔다. 남편은 그녀의 청순한 매력에 반했는데 말이다.

하루는 그 남자가 부인의 20대 시절 사진을 대형액자로 만들어 거실 벽에 붙여두었다. 부인에게 보라고 하면서 말이다. 그리고 부인에게 말했다. "당신이 젊은 시절엔 저런 얼굴이었지. 그런데 지금 당신의 얼굴은 탐욕으로 추악해졌어. 예전의 당신이 그리워." 그 말을 듣자 부인은 흐느껴 울었다. 자신의 예전 모습이 너무 그리워서 말이다. 어쩌다가 그렇게 변했을까? 자기도 모르는 사이에 얼굴에 나쁜 마음들을 그려갔던 것이다. 얼굴은 마음이 그리는 것을 담는 스케치북과 같은 것이다.

얼굴의 어원은 '얼이 담긴 꼴'이라고 한다. 얼은 '혼' 내지는 '마음'이라고 할 수 있다. 그러니 그 마음을 담는 '꼴'에 좋은 것만 담으려고 해야 한다. 우리는 값비싼 그릇에 라면을 담아 먹지는 않는다. 또 유명 셰프가 정성스레 만든 고급 요리에는 장인이 만든 도자기가 어울린다. 세상에서 단 하나밖에 없는 나의 얼굴. 이 귀한 그릇에는 최고의 것만 담자. 사람들은 분명 눈치 챌 것이다. "저 사람의 얼굴에는 참 좋은 마음이 담겨있네" 하고 말이다.

02

얼굴은 운을 담는 그릇이다

"사람의 얼굴에는 많은 것이 담겨 있다.
관상 공부를 하지 않아도 느낌으로 좋은 얼굴들을 알 수 있다.
얼굴선이 완만하고 코끝은 둥글둥글하며, 적당한 크기의 입 등. 그런 얼굴들은
나중에 알고 보면 대부분 좋은 그릇의 사람이다."

요즘은 물이 안 나와 고생하는 일이 별로 없지만, 예전에는 가정집에 수돗물이 안 나오는 경우가 많았다. 그러면 마을마다 커다란 물차가 와서 동네 사람들이 물을 받아가곤 했다. 그 때는 되도록 큰 그릇을 가져온 집이 유리했다. 물이 끊기는 때에 대비해 가정마다 빗물을 받아두기도 했는데 그 물은 빨래할 때 쓰곤 했다.

빗물을 받기 위해서는 빈 장독이 다른 그릇에 비해 물이 많이 들어가고 안정감이 있어서 좋았다. 비가 세게 오면 다른 그릇은 얕고 가벼워서 비바람에 뒤집히기도 하고 물이 밖으로 다 튕겨져 나가기 일쑤였다. 비가 다 그치고 마당에 나가서 물이 들어있는 그릇들을 들여다보던 때가 생각난다. 그릇마다 물이 담긴 양이 천차만별이었다.

장을 담글 때 쓰는 커다란 독에는 하나 가득 물이 담겨 있었다. 며칠 동안 빨래하는 데 써도 될 정도였다. 김치 담글 때 쓰는 큰 그릇은 물이 튕겨져 나가서 물이 반 밖에 없었고, 세숫대야나 작은 바가지 등은 아예 뒤집혀 있기도 했다. 물을 담기는커녕 비바람에 견디지 못한 것이다. 그 그릇들은 평소 각자의 쓰임새에 맞게 사용되던 것들이다. 그러나 빗물을 받을 때는 그릇의 무게나 깊이에 따라 쓰일 수 있는지 아닌지가 가려진다.

나이가 들면서 사람의 그릇이 다 다르다는 걸 느낀다. 어떤 사람은 간장 종지만도 못한 그릇을 가지고 있어서 조금만 마음에 안 드는 말을 들어도 그 사람과 평생 원수로 지낼 것처럼 군다. 또 어떤 사람은 그릇의 폭과 깊이가 한이 없어서 그 누구도 받아들이고 어떤 고난도 헤쳐 나간다. 그렇다면 사람마다 어떤 그릇인지 무엇으로 알 수 있을까? 시간을 두고 천천히 겪으면 알 수 있겠지만 대강 짐작해 볼 수 있다. 바로 그 사람의 얼굴이다.

한 사람의 얼굴에는 많은 것이 담겨 있다. 관상학자들이 말하는 좋은 관상을 참고해도 좋다. 좋은 관상의 원리를 듣다보면 흔히 말하는 인상 좋은 얼굴을 가리키고 있기 때문이다. 예를 들어서 얼굴선이 완만하고 코끝은 둥글둥글하며, 적당한 크기의 입 등 말이다. 굳이 관상 공부를 하지 않아도 느낌으로 좋은 얼굴들이 있다. 그런 얼굴들은 나중에 알고 보면 거의 대부분 좋은 그릇의 사람이다.

　상해에서 알게 된 M이라는 후배가 있다. M은 나보다 어린데 마음 씀씀이가 한없이 깊었다. M은 사업을 할 때는 주도면밀하고 이성적이나 자신이 믿는 사람들에게는 늘 베풀었다. 이국땅에 살면 어려운 일이 종종 발생한다. 그 때 누군가의 위로나 손길은 몹시 고마운 법이다. M은 도움을 필요로 하는 사람에게 언제든지 달려가서 해결해주곤 했다.

　M을 보고 한국에서 상해에 따라 온 남자후배들이 많았다. M은 그 남자후배 부모님들과도 친했다. 남자후배들이 직장을 접고 상해로 사업을 하러 간다고 했을 때 처음엔 부모님들이 반대를 했었다. 그런데 M이 간다고 하니까 그러면 믿어도 된다고 하셨다. 어른들께도 무한신뢰를 받은 것이다.

　나는 M의 그릇의 크기와 깊이에 감탄을 할 때가 많았다. M은 화장품 사업을 하다가 크게 실패한 적이 있었다. 꽤 큰 액수를 투자한 사업이었는데 모두 날린 것이다. 그 때 M은 금방 털고 일어났다고 한다. 오히려 가진 돈을 모두 털어서 자신에게 여행을 선물하기까지 했다. 자기는 열심히 했는데 시장상황이 따라주지 않아서 실패했다고 믿기 때문이었다. 그래서 혼자 강원도 여행을 다녀오고 나서 마음이 정리되었다고 한다. 작은 실패에도 자책하던 나 자신과 비교가 되었다.

한 번은 M이 물류사업을 하던 사업가를 도운 적도 있었다. 그 사업가는 물류대금을 받지 못 하자 물건을 압류해서 해결해야 하는 상황이었다. 물건을 팔지 못하면 거액의 손실을 그대로 떠안아야 했다. 그러자 M이 발 벗고 나섰다. 주변의 인맥을 총 동원해서 팔아주기 시작한 것이다. 다행히 중국의 명절이 다가오고 있었다. M은 일일이 전화로 사람들에게 상황을 설명해서 다 팔아주었다.

　우리 회사도 M에게서 많은 도움을 받았다. 금융위기로 한창 힘이 들 때 나는 수표를 막는 일에 온통 집중되어 있었다. 그 수표를 막지 못 하면 부도가 나기 때문이었다. 그래서 M에게 수시로 손을 벌렸는데, M이 추석을 앞두고 한국으로 빈손으로 들어간 적도 있었다. 2008년 추석 직전에 갑자기 상황이 어려워졌는데 내가 도움을 청하자 M은 자신의 비행기 삯만 빼고 작은 돈까지 다 털어주고 간 것이었다. 지금 생각해보면 너무 고맙고 미안한 생각이 든다.

　그런 M을 이용하는 얄팍한 사람들도 있었다. 직원 중 한 명이 공금을 횡령한 것이다. 그런데 그는 뒤에 가서 M의 대인배 기질에 감동하여 모두 토해냈다. 미혼이었던 M은 정작 자신은 무척 검소한 생활을 했다. 그러나 남들이 도움을 필요로 할 때는 스스럼없이 도움을 주곤 했다. 그런 모습에 다들 감동하였다.

　M을 아는 사람들은 한결 같이 저렇게 큰 그릇은 처음 보았다고 말했다. 지금 M의 얼굴을 떠올려 본다. 키가 자그마하고 다부진 체격인

데 하얗고 맑은 톤의 피부와 동그란 얼굴, 두둑한 코가 인상적이었다. 참 푸근한 인상이었다고 기억된다. 그 뒤로 그렇게 생긴 얼굴들은 대체로 큰 그릇인 걸 알게 되었다.

M처럼 많은 것을 담는 큰 그릇이 되려면 어떻게 해야 할까? 먼저 사람을 바라보는 마음을 넓혀야 할 것이다. 얼마 전 고층으로 이사를 했는데, 이사를 하고 나서야 우리 집이 산으로 둘러싸여 있었다는 사실을 알게 되었다. 부동산에서 와 볼 때는 주변에 산이 있는 줄 몰랐었다. 그런데 높은 데 올라가 보니 주변에 산이 있어서 공기도 좋고 멀리서 보이는 야경이 너무나도 아름다웠다. 사람들이 왜 고층을 선호하는지 이제야 알게 되었다.

낮은 곳에 머물러 살면 절대 모르는 풍경들이 높은 곳에는 존재한다. 훨씬 넓은 세상, 훨씬 맑은 공기, 탁 트인 전망 등 말이다. 이처럼 시야를 넓히고 안목을 높이는 일, 이것은 살아가면서 사람들이 지녀야 할 태도가 아닌가 한다. 이런 시선을 가지고 살다보면 많은 것들을 담을 수 있는 그릇의 사람이 된다.

사람의 얼굴은 운을 담는 그릇과 같다. 그러면 그 얼굴에는 어떤 운이 담겨야 할까? 물론 좋은 운만 담으면 좋겠지만 세상일에는 묶음 판매하는 물건처럼 좋은 일과 나쁜 일이 뒤섞여 있다. "나는 절대로 나쁜 운은 받지 않을 거야." 한다면 어떻게 될까? 아마 세트로 판매되는 좋은 운도 받지 못할 것이다. 남의 입장에서 이해할 줄 알고 도움을 주는 사람, 시련이 와도 통 크게 한 번 웃어넘길 줄 아는 사람, 그런 사람은 많은 것을 담는 큰 그릇의 사람이다. 그런 운들을 다 수용하려면 그릇이 꽤 커야 할 것이다. 이렇게 많은 것을 담아서 소화할 줄 아는 사람에게만 좋은 운도 따라오지 않을까?

03

마음공부가 인생을 바꾼다

> "세상일을 두루 경험하다 보면 마음이 무한대로 넓어진다.
> 큰 그릇의 사람은 어떠한 상황에서도 해결 방법을 찾아내고, 누구라도
> 이해할 수 있는 넉넉한 사람이 된다. 그러려면 공부를 해서
> 마음을 넓히고 마음의 각도를 바꾸어야 한다."

카페에 앉아 글을 쓰고 있는데 할머니 두 분의 대화가 귀에 들어왔다. 두 분 모두 소싯적에 웅변을 하신 건지 카페가 쩌렁쩌렁 울리게 대화를 하셨다. 그래서 어쩔 수 없이 듣게 된 이야기는 이렇다. 한 분이 여행 다녀온 후 하소연하는 것이었는데, 그 여행은 한 마디로 최악이었다. 가방을 소매치기 당한 것이다. 가방 자체가 수백 만 원짜리 명품인 데다가, 그 안에 여권, 현금, 귀금속 등이 들어 있어 치명적이었다. 여유 있어 보이는 말투와 고급스러운 차림새로 미루어 그 할머니는 꽤 부유해 보였다.

그런 일을 당하고 나니 여행이 제대로 될 리가 없었다. 즐거운 여행은커녕 불면증과 두드러기에 시달리다가 현지에서 고혈압으로 병원에 실려 갔다. 그런데 그 지역의 병원은 의료기술이 형편없었다. 그래서

제대로 치료도 못 받고 만신창이가 된 몸으로 겨우 한국에 돌아왔다. 결과적으로 돈만 쓰고 몸만 상한 여행이었다.

그런데 더 기가 막힌 일은 한국에 와서다. 자기가 몸져누워 있는데 장가 간 아들이 퇴근하고 혼자만 왔다. 며느리는 왜 안 왔냐고 하니 잠이 들었단다. 며느리가 감히 시어머니 아프신데 자느라고 안 오다니 괘씸하단다. 자기는 지금까지 며느리에게 딸처럼 잘 대해 주었는데 앞으로는 자기도 달라져야겠단다. 이야기를 듣는 사람도 안타까운지 그저, "아유, 마음이 상했겠다."를 연발하였다.

나도 거기까지는 '참 운이 안 좋은 사람도 다 있다'고 생각했다. 그런데 여행 이야기가 얼추 마무리되자 이런 저런 이야기를 하는데, 주로 남의 흉이었다. 특히 아까 욕한 며느리는 알고 보니, 둘째를 가진 만삭의 몸으로 남편과 가게를 운영하고 있었다. 얼마나 몸이 무거울까? 만삭의 몸으로 일을 했으니, 집에 가서는 곧바로 쓰러졌을 것이다. 남편은 안쓰러워서라도 깨울 수가 없었을 테고 말이다. 게다가 바로 어제 일이던데, 이 할머니는 어떻게 하루 만에 세 시간이나 앉아서 수다를 떨 수 있을까? 이 할머니가 아프다고 하면 웬만해서는 엄살이라는 것을 식구들이 알았다는 이야기다.

다음 이야기도 '남의 흉보기'였다. 같은 교회 무슨 권사가 잘난 척하더니 며느리가 집을 나간 게 고소하다는 것이다. 또 누구는 옷차림이 너무 초라한 게 닭 같다는 등의 말들을 늘어놓았다. 또 여행을 많이 다닌 듯, 어느 나라는 어떻고 하면서 남을 가르치듯이 말했다. 듣고 있는 사람은 여행의 경험이 없는 듯 주로 듣고만 있었다.

듣다 보니 그 할머니는 결코 운이 나쁜 게 아니라, 마음공부가 덜 된 사람으로 느껴졌다. 얼굴을 슬쩍 보았다. 양 볼에는 심술보가 주렁주렁 매달려 있었고, 양미간에는 신경이 날카로운 주름이 굵게 잡혀 있었다. 전체적으로 사나운 인상이었다. 나이가 들면 얼굴은 '인생 성적표'와 같다. 이 할머니의 얼굴은 점수가 낮은 성적표인 셈이다.

그 할머니는 과연 운이 없는 사람일까? 해외여행을 자주 다니고 아무 때나 이야기를 들어줄 친구가 있다. 아들은 직업이 있고 장가도 때맞춰 가서 손주들이 있다. 내가 알아낸 정보만으로도 이 할머니는 운이 나쁘지 않다. 그런데도 나쁜 인상을 지니고 있다는 건 할머니의 잘못이 크다. 소매치기를 당한 것도 알고 보면 여행지에서 명품 백을 가지고 다닌 것이 잘못이다. 비싼 가방을 메고, 귀금속을 주렁주렁 달고 있으면, "돈 많아요." 하고 광고하는 게 아닐까?

그 할머니의 가장 큰 잘못은 복이 많은데 그걸 모른다는 것이다. 건강도 좋으시다. 허리도 꼿꼿하시고, 세 시간 넘게 수다를 떨 수 있는 체력만 해도 말이다. 그런데도 투덜거리는 것이 습관이 된 듯하다. 그러면 평생 운이 없는 사람으로 사는 것이다. 운은 상대적이다. 지체 장애를 가지고 태어나거나 갑자기 교통사고로 전신마비 장애를 입은 사람들이야말로 운이 없는 편이 아닐까?

장애인 목욕봉사를 갔던 일이 떠오른다. 나는 한 때 중학교 동창생들과 뇌성마비 장애우 목욕봉사를 했었다. 당시 나는 생애 최고로 힘든 날들을 견디고 있었다. 남편 회사가 공사대금으로 받은 어음이 부도가 나는 바람에 경제적으로 어려워졌다. 어쩔 수 없이 내가 남편을 도와주고 있었는데, 도무지 해결의 실마리가 보이지 않았다. 이렇게 내 코가 석자나 되는데 남을 돕는다는 게 가당치 않아 보였다. 그 때 친구가 '남을 돕다 보면 오히려 그들이 나를 돕고 있다' 는 걸 느낀다고 했다. 결국 반 강제적으로 따라가게 되었다.

뇌성마비 장애우 목욕봉사가 봉사 중에서도 제일 힘들다는 글을 어디선가 읽은 적이 있다. 과연 그 말은 맞았다. 때를 미는 일은 원래 힘들다. 그런데 온 몸을 비트는 장애우들의 때를 미는 것, 그것도 다 큰 어른들을 씻기는 일은 무척 힘들었다. 그들은 우리가 가면 무척 반가워했다. 때를 밀어주니까 시원해서 좋고, 우리들과 같이 대화하면서 즐거운 시간을 보냈기 때문이다.

그 중에서도 특히 기억나는 여자장애우가 있다. 그녀는 언어장애와 신체장애가 가장 심한 편이었는데 옷을 벗기는 데만도 한참 걸렸다. 겨우 씻기고 나서 머리를 말리기 위해 헤어드라이어를 갖다 대는데,

그 장애우가 내 손을 치우는 게 아닌가? 그래서 내가 "머릿결 상할 까봐서요?" 하니 끄덕 끄덕한다. 그럴 만도 했다. 그녀는 머릿결이 유난히 까맣고 숱이 많아 탐스러웠다.

나이로 보아 멋을 부리고 싶은 여자의 욕구가 있을 텐데 모든 신체가 비틀어지니 속상했을 것이다. 머리카락만은 유일하게 비틀어지지 않는 부위였던 것이다. 주어진 상황에서 신체의 일부를 아름답게 가꾸는 그녀의 모습이 참 아름다웠다. 그 장애우들의 모습을 보고 있자니 '멀쩡한 뇌와 몸을 가지고 있는 내가 무언들 못하랴' 싶은 마음이 들었다.

뇌에 장애를 가지고 태어난 그곳의 장애우들은 대부분 5세의 지능을 가지고 있어서인지 참 해맑았다. 우리처럼 괴로울 일이 없는 것이다. 대신 장애우들은 우리들을 위한 다른 일을 하고 있었다. 평소 우리 이름을 하나하나 적어놓고 기도를 해준다고 했다. 한 번은 장애우가 내 이름을 불렀다. 어떻게 알았느냐고 하니까 기도 시간에 여러 번 이름을 써서 이제 외웠다고 했다. 눈물이 나려고 했다. 말도 제대로 못하는 그들이 글씨를 써 가며 우리를 위해 기도를 했다는 것이다.

그 뒤로 장애우 목욕봉사를 한 달에 한 번씩 갔다. 과연 친구의 말처럼 봉사를 갔다 오면 마음이 뿌듯했다. 누군가에게 도움을 주었다는 사실 때문이었다. 물론 봉사를 한다고 해서 나의 상황이 달라지지는 않았다. 그렇지만 상황을 바라보는 시각이 넓어지는 효과가 있었다.

그 뒤로 나만 혼자 힘들다는 생각에서 벗어나게 되자 해결의 실마리가 보이기 시작했다. 전에는 안 보이던 것들이었다. 마음을 넓히니 상황이 달라 보이고 아무 일도 아닌 듯 쉽게 보이는 경험을 했다. 문제가 쉬워 보이니 해답도 쉽게 찾을 수 있었다. 그 전의 나는 마치 어려운 수학 문제지를 들고 끙끙 대던 어린 시절의 모습이었다. 그런데 어느 순간 문제풀이 해설서를 손에 쥐게 된 것이었다.

마음도 이와 같다. 각종 경험들을 두루 거치면서 마음을 넓히면 된다. 세상에는 예쁜 사람보다 미운사람이 훨씬 많다. 상황이 잘 풀리는 경우는 하늘의 별 따기다. 그런데 두루 두루 세상일을 경험하고 여러 사람들을 경험하다 보면 마음이 무한대로 넓어진다. 큰 그릇의 사람은 어떠한 상황에서도 해결 방법을 찾아낼 수가 있으며, 어떤 사람도 이해할 수 있는 넉넉한 사람이 된다. 카페의 할머니처럼 남을 헐뜯으면서 자신은 운이 없다고 하는 대신 말이다.

그 할머니와 반대로 해보면 어떨까? 며느리한테 찾아가서 자기 혼자만 여행을 다녀와서 미안하다고 말하는 것이다. 대신 아기를 보아줄 테니 출산 후에 꼭 여행을 다녀오라고 말한다. 그리고 그동안 해외 여행하면서 느낀 것들을 책으로 쓰는 것이다. 다른 사람들이 자기처럼 소매치기 당하지 않고 안전하게 여행에 다녀올 팁들로 말이다. 남을 도울 수 있는 삶, '그럴 수 있는 인생'은 참 운이 많은 인생이 아닐까? 그러려면 우선 공부를 해서 마음을 넓히고 마음의 각도를 바꾸어야 한다.

04

얼굴을 보면 그 사람의 마음이 보인다

"우리는 얼굴에 고통, 슬픔, 기쁨 등 모든 것을 담는다.
그렇기에 표정관리에 더욱 신경을 써야 한다.
'얼굴은 마음을 비추는 거울'이라는 말이 있다. 오늘 나를 본 사람들이
부디 나에게서 좋은 마음을 읽었기를 바라는 마음이다.

작년에 오드리 햅번의 아들이 실검에 뜨길래 살펴보았다. 역시 '그 어머니에 그 아들'이라고 봉사활동을 했던 어머니를 따라 그도 좋은 일을 하고 있었다. 바로 '세월호 기념숲 조성'을 추진한 건데, 남의 나라까지 와서 그런 일을 한다는 게 놀라웠다. 바로 어머니에게서 평소 배우고 들은 것들을 그대로 실천하는 듯하다.

내가 중학생 때 사진을 가슴에 품고 다니던 그녀의 얼굴은 우연히 만들어진 게 아니었다. 평소의 행동과 말투 같은 습관이 인격이 되어 얼굴에 정착한 것이다. 빈약한 인격을 가진 연예인을 종종 본다. 타고난 미모가 그 결점을 잠깐 가릴 수는 있다. 그러나 나이가 들고 얼굴에 하나 둘 주름이 뒤덮일 때쯤이면 화장품으로도 그 간극을 메울 수가

없다.

그렇다고 실리콘 덩어리로 채운다든가, 정기적으로 보톡스를 맞아 탄력을 유지하는 얼굴은 부자연스러움 때문에 더욱 보기가 흉하다. 이때 가장 확실한 성형방법이 있다. 바로 아름다운 선행을 통해 얼굴의 '표정을 성형' 하는 것이다. 이것은 제아무리 유능한 성형외과 의사도 해줄 수 없는 '고급 성형술' 이다.

60대 중년부부가 있다. 내가 해외에 살 때 알고 지내던 분들인데, 한국에 와서 다시 만나게 되었다. 그분들은 딸 셋이 해외유학을 성공리에 마치고 현지에서 취직까지 되는 바람에 두 분만 사시게 되었다.남편 분은 현재 탈북 대안학교 교장선생님이시다. 두 분은 몇 년 전 대단한 결심을 하셨다. 독실한 기독교 신자로서 특별히 아이들 교육에 관심을 가지고 계셨던 두 분이 보육원 아이들을 입양하기로 하신 것이다. 그래서 두 분은 한 해에 거의 한 명씩 몇 년에 걸쳐서 일곱 명이나 입양을 하셨다.

사모님은 이제 60세를 넘어서 힘드실 텐데 늘 행복한 미소를 지으신다. 무엇보다 신기한 것은 사모님의 젊어지는 외모이다. 물론 주름살이 더 늘고 지쳐 보이기도 하지만, 표정이 늘 충만되어 보이니 분위기가 젊어 보인다는 것이다. 즉 젊음의 특징인, '열정이 가슴에 똬리를 트는 충만감' 말이다. 그분은 '선행 성형' 을 하신 것이다. 이 성형은 기품이 있는 아름다움을 만들어낸다. 나이가 들어서 주름을 인위적으로 없애는 성형만 성형이 아니다.

주름살이 있으면 어떤가 그 주름은 얼굴의 주인공이 열심히 살아낸 인생의 찬란한 징표이며 훈장이다. 이 선이 만들어지던 시기의 일들은 얼굴에 '연표'처럼 자랑스레 새겨져 있다. 물론 그걸 심술보 식으로 새기느냐, 아님 아름답게 새기느냐는 그 주인공에게 달렸다. 얼굴처럼 정직한 광고판은 없어서, 심술 가득한 얼굴을 하고서 선행을 베푸는 사람은 없다. 일곱 명의 천사 아기들을 데려다 먹이고 입히고 하느라 주름살이 더 깊어진 사모님은 골프 치러 가고 명품 쇼핑하러 다니는 사모님들에 비해 훨씬 아름다운 얼굴을 하고 계시다.

프랑스여자들은 나이 듦에 대해 당당하다고 한다. 책을 손에서 놓지 않고 개성이 있는 삶을 가꾸며, 당당하고 긍정적으로 나이를 먹는다. 늘 토론을 즐겨하며 자신만의 사고방식, 정치철학 등을 갖고 있다. 삶 전반에 걸쳐 철학의 뿌리가 강하여, 예술과 과학 등으로 표현된다. 우리나라 중년 또는 노년 여성이 이렇게 산다면 지금보다 성형수술은 많이 줄어들 것이다.

압구정동에 가면 여기 저기 똑같은 얼굴을 계속 마주친다. 분명 50대, 60대인 것 같은 얼굴인데 주름이 하나도 없이 팽팽한 경우도 있다. 피부조직을 너무 잡아 당겼는지 웃을 땐 어색하기만 하다. 우리나라도 이제 마음가짐에 신경 쓰는 중년, 노년의 여성들, 성형강국이라는 이미지에서 벗어나 온화하고 배려심 많은 여성들의 나라가 되면 좋겠다. 우리나라 사람들은 특히 독서량이 낮은 편이다. 특히 중년 이후의 여성들은 드라마나 쇼핑, 수다 등으로 하루를 보내는 적이 많다. 그 시간에 독서를 하면 어떨까?

호주로 이민을 계획하던 후배가 있었다. 그런데 이유가 특이했다. 신혼여행을 호주로 갔는데 아줌마들이 베란다에 나와서 조용히 책을 읽고 있는 광경이 눈에 많이 띄었다고 한다. 자신의 미래를 생각해보니 한국에서는 그런 모습으로 나이들 자신이 없다는 생각이 들었다. 경쟁적인 분위기의 한국에서 이런 여유를 찾기는 어렵다.

낮에 음식점에 모이는 한국 아줌마들의 항변도 이해가 된다. 아이들 교육문제로 정보를 주고받기 위해서가 대부분이기 때문이다. 어찌 보면 삶의 여유 없음은 대학입학 문제로까지 거슬러 올라가야 할 것이다. 직장에서의 업무시간이 긴 것도 문제다. 전반적으로 생활 패턴이 빠듯하다. 어쩌다가 시간이 나도 피곤해서 책을 읽는 것이 힘들다고 한다.

얼굴에서 마음을 읽는다는 말은 내 얼굴을 매일 보는 사람들에게 신경을 많이 써야 하는 이유도 된다. 보통 다른 사람에게는 친절한 표정을 짓다가도 정작 소중한 가족에게는 화낸 표정을 짓는 사람들이 많다. 한 공익광고에서는 이런 모순을 잘 나타낸다. 밖에서는 친구들과 즐겁게 놀다가 집에 돌아온 딸아이가 엄마한테는 퉁명스럽게 대꾸한다. 직장에서는 친절한 가장이지만 부인에게 돌아오면 짜증을 낸다. 분명 같은 사람인데 말이다. 이는 우리들의 현주소가 아닌가 한다.

상해에 처음 갔을 때 모든 것이 낯설고 힘이 들었다. 당시 나를 더욱 힘들게 한 것은 남편이 한국 사무실을 운영하느라 한국에 있었다는 점이다. 나 혼자서 아이들을 챙기며 상해 사무실을 운영하다보니 얼굴에는 늘 불안함과 수심이 떠나지 않았다. 그 불안한 마음을 풀어보려 상해 교민들과 어울려서 마음을 털어놓기도 했다. 그러자 며칠 지나지 않아 내가 한 말이 돌고 돌아 나에게로 오는 것이었다. 외국에서는 함부로 마음을 드러내면 안 된다는 것을 알게 되었다. 그래서 퇴근 후에는 곧바로 집으로 갔는데 수심 가득한 엄마의 얼굴이 아이들에게 득이 될게 없었다.

둘째 아이는 워낙 민감한 성격인데다가 엄마에 대한 애착이 컸는데, 유치원에서 편지가 자주 왔다. 아이가 하루 종일 우울해했다고 말이다. 그런 날은 여지없이 내가 전날 힘들어 했던 날이다. 하루는 둘째 아이가 자기 머리카락을 가위로 잘라버렸다. 아이들이 스트레스를 받으면 그런 행동을 한다고 한다.

그런 아이 때문에 내 얼굴에 스트레스를 얹고 퇴근할 수가 없었다. 차라리 아이가 자고 나면 들어가야겠다고 생각을 했다. 아이들 보고 싶은 마음을 눈물로 삼키면서 밖에서 빙빙 돌다가 12시 넘겨서 집에 들어가곤 했다. 그런데 늘 아이들이 자지 않고 눈이 말똥말똥 뜨고 있었다. 내가 아줌마에게 짜증을 내면서 왜 안 재웠냐고 하면 아줌마가 더 크게 화를 냈다. "내가 어떻게 재워요? 애들이 엄마 오면 잔다는데요."

아이들은 하루 종일 엄마만 기다렸다고 했다. 지금도 그 때 생각만 하면 아줌마에게 미안하고 아이들 생각에 가슴이 아프다. 나는 아이들이 정신적으로 힘든 엄마를 보는 것보다는 해맑은 조선족 아줌마 얼굴을 보는 것이 낫다고 생각했었다. 나는 이중, 삼중으로 힘들었다. 내 일로도 힘들었고, 아이들에게 힘든 내 얼굴을 보여주는 것도 힘들었다. 또 그걸 보여주지 않으려고 애써 아이들을 안 보는 것도 힘들었다. 이래저래 내 얼굴은 늘 어두웠다. 지금도 그 때 찍은 사진은 보고 싶지가 않다.

우리는 얼굴에 모든 것을 담는다. 고통, 슬픔, 기쁨 등 말이다. 중국 공인이 나에게 자주 하던 말이 있다. 중국에 '가면극'이라는 게 있는데, 중국인은 실제로 가면을 쓰고 이야기하니 조심하라고 말이다. 중국은 워낙 땅이 넓다 보니 남을 잘 믿지 못하는 경향이 있다. 그래서 남에게 속을 잘 보이지 않는다. 중국인들이 대부분 무표정한 이유라고 생각된다. 일종의 전략인 셈이다. 그러나 한국인들은 표정에 다 드러난다. 그렇다면 표정관리에 더욱 신경을 써야 하지 않을까?

무심코 보낸 오늘도 우리는 하루분의 일을 차곡차곡 얼굴에 쌓아놓았다. 그 하루분이 화내거나 질투하거나 남을 비난하는 분량이었는가? 아니면 나의 능력을 정당히 발휘하고 남이 잘 되는 것을 진심으로 기뻐하면서 보낸 분량이었는가 '오늘 쌓은 인상' 위에 내일은 또 어떤 인상을 쌓게 될까? '얼굴은 마음을 비추는 거울'이다. 오늘 나를 본 사람들이 부디 나에게서 좋은 마음을 읽었기를 바라는 마음이다.

<h1 style="text-align:center">05</h1>

사람의 장점은 곧 단점이 될 수도 있다

"사람의 성격도 장점으로 보이는 것들이 꼭 장점이 아닌 것들이 많다.
좋은 점은 반대로 나쁜 점이 될 수 있다.
그건 자신에게 나쁜 점만 있다고 생각하는 사람들에게 희소식이다.
나의 단점은 곧 장점이 될 수도 있다는 이야기니까."

나는 교사를 하는 동안 유독 문제아들을 많이 가르쳤다. 문제를 해결한 경우도 많았는데 그들에겐 공통점이 있었다. 부모가 이혼했거나 집에 늦게 들어와서 애정이 결핍된 경우다. 그런 경우 나는 최대한의 사랑을 부어준다. 내 안 구석에 웅크리고 있던 근원적인 인간애 때문이기도 하다. 사실 그보다 그렇게 하지 않으면 학급경영 자체가 어려워지기 때문이라고 해야 할 것이다. 거친 그 아이로 인해 수업 자체가 안 되기 때문이다. 그리고 정서적으로 문제가 있는 아이들을 변화시켰을 때 힘은 들어도 교사로서의 보람을 많이 느낀다.

하지만 교사를 그만두고 싶어질 때가 가끔 있다. 가정이 불우한 게 아니라 오히려 너무 부유하고 부모가 왜곡된 애정을 가진 경우다. 그런 경우 대부분 엄마가 학교에서 영향력을 행사하는 경우가 많다. 그런 학부모들은 주로 학부모회 회장이나 녹색어머니회장 등 다른 어머니들이 꺼려하는 일들을 척척 맡는다.

엄마의 권력은 자식에게 대물림된다. 일단 엄마가 학교에 자주 들락거리면 아이는 학교가 만만해진다. 그 편안함으로 때론 친구들 위에 군림하려 하고 나쁜 경우 선생님에게 대드는 경우도 있다. 자녀가 서너 명 있어서 누나, 형들이 대대로 그런 역할을 하면 자연스레 막내들은 권력이 누적되어 막강한 권력을 행사한다. 간혹 심하게 폭력적이거나 욕을 하는 아이도 있고, 자기 맘에 안 드는 친구는 왕따를 시킨다. 패거리 문화를 만들어 자기 뜻대로 아이들을 좌지우지하기도 한다. 고학년은 담임에게 대드는 경우도 많은데 권위에 도전하는 건방진 말도 한다.

한번은 남자아이가 수업시간에 맨발을 책상 위에 올려놓고 수업을 하는 것이었다. 기가 막혀서 내리라니까 안 내린다. 그리고 책을 하나도 안 펴길래 펴라니까, 끝까지 노려보며 안 펴고 버틴다. 그러다가 내가 다가가서 노려보니까, 책을 내팽개치듯 책상 위에 던진다. 그리고 나를 노려보면서 "씨 발" 하는 것이었다. 정말 화가 났다.

그 전부터 이런 일로 내가 그 학생 엄마에게 여러 차례 면담도 요청하고 혼내기도 했었는데, 그때마다 그 엄마는 예민하게 반응했었다. 학교에 소문이 나서 기분이 상한 모양이었다. 이 일로 아이가 기가 죽을까봐 어쩔 줄 몰라 했다. 기가 산다는 게 대체 무언가? 자기가 원하는 걸 다 갖고 자기가 싫어하는 걸 다 피하는 인생인가? 그건 정확히 말해서 '난봉꾼'의 인생이다.

전에 잘 나가다가 지금은 노숙자처럼 사는 한 유명인이 한 말이 떠오른다.

"나는 어렸을 때부터 부유한 환경에서 살았어요. 내가 갖고 싶은 건 다 가졌죠. 한번은 학교에 아빠가 찾아가 담임선생님에게 호통을 친 적도 있어요. 그런데 지금은 부모님이 원망스러워요. 내가 원하면 뭐든 할 수 있다는 오만한 생각 때문에 가정생활도 충실하지 못해 이혼 당하고, 지금은 이렇게 노숙자의 생활을 하네요. 다시 태어나면 어렸을 때부터 고생하면서 제대로 살아보고 싶어요."

나는 성장하면서 좋은 환경에서 사랑만 받고 자란 친구들에게 열등감 같은 것이 많았다. 그리고 그 아이들과 나 자신을 끊임없이 비교하면서 절망하곤 했다. 그런데 지금은 어떨까?

우리가 어른이 되어 부모 곁을 떠난 지 오래된 지금은 상황이 다르다. 20대 후반부터 지금까지는 우리가 설계한 인생대로 살고 있는 셈이다. 부모님의 영향은 미약한 자취로만 남아 있다. 전에는 전부라고 생각했던 것들이었다. 학창시절 부유했던 친구들이 지금은 힘들게 사는 경우도 많이 본다. 한 동창친구는 결혼생활을 너무 힘들어했다. 부유한 어린 시절에 비해 어렵게 살다보니 자신감이 사라져서 친구들도 멀리했다.

어른이 되고 나서는 소위 '엄마의 치맛바람'이 사라지고, 모든 시련을 나 혼자 극복해야 한다. 어릴 때 부모가 모든 걸 해결해주던 사람은 어른이 되어서도 문제가 생기면 어쩔 줄 몰라 한다. 이럴 땐 좋은 환경에서 편하게만 사는 것이 좋은 것일까? 하는 생각이 든다. 나는 오히려 지금의 나의 행복이 어린 시절의 고생 때문이란 생각이 들 때가 많다.

사람의 성격도 장점으로 보이는 것들이 꼭 장점이 아닌 것들이 많다. 결혼한 지 한참 지나서 동창생들이 모였던 적이 있다. 흥미롭게도 결혼 초에는 자기 남편이 최고라고 했다가 최근 들어서 최악이라고 말하는 친구들이 많았다. 예를 들면 이랬다. "우리 남편은 말이 없고 남자다워서 멋있었거든. 그런데 지금은 답답해서 미치겠어. 내가 말 안 하면 절간이 따로 없다니까.", "말도 마라. 우리 남편은 자상해서 좋아했거든. 그런데 잔소리가 너무 많아. 부엌까지 쫓아 들어와서, 설거지할 때 힘을 세게 주어서 그릇을 닦으라고 하질 않나."

다들 잠든 사이에 남편들이 바뀌기라도 한 것일까? 왜 똑같은 남편이 그렇게 완벽해 보였다가 최악으로 보이는 걸까? 사람의 장점은 곧 단점이기 때문이다. 그리고 그 강도는 늘 동반 상승한다. 즉 과묵하면 무척 답답하기 쉽고 자상하면 심한 잔소리꾼이고 착하면 전 국민에게 착해서 손해만 본다. 그렇다고 모든 장점만 조합하고 단점을 제거하는 게 가능할까?

전에 딱 한 번 완벽에 가까운 남자를 본 적이 있다. 치과의사인 그는 친절하고 자상하며 유머감각도 있고 몸 짱에다가 매력이 흘렀다. 그런데 나중에 이혼했다는 이야기가 들렸다. 알고 보니 치과 건너편 구두점 아가씨랑 바람이 났다는 것이다. 여자가 먼저 유혹했다는데 남자가 그 유혹을 견디기 어려웠을 것이다. 아름다운 여배우들이 결혼생활을 지속하지 못하는 경우를 많이 본다. 뭐든 과한 장점은 과한 단점으로 작용하는 것이다. 너무 예쁘면 많은 유혹이 있으니 결혼생활을 유지하기 힘들 것이다.

내가 손금을 보아줄 때 느끼는 것이 있다. 같은 손금이라도 해석에 따라 장점도 되고 단점이 되는 경우다. 재물선이 약한 경우 당연히 새는 돈이 적을 수밖에 없다. 그래서 "돈이 많이 들어오진 않지만 잘 모을 수 있으니 안정적으로 살겠어요."라고 말하는 것이다. 반대로 재물선이 너무 발달하면 많이 새기도 한다. 그러면 돈은 많이 들어오나 많이 새니 조심해야 한다고 말한다. 그건 당연한 것이 아닐까? 돈이 많으면 많이 쓸 수 있으니까 말이다.

좋은 점은 반대로 나쁜 점이 될 수 있다. 그리고 그건 자신에게 나쁜 점만 있다고 생각하는 사람들에게 희소식이다. 나의 단점은 곧 장점이 될 수도 있다는 이야기니까 말이다. 환경이나 유전인자를 탓하면서 나만 못 났다는 생각을 한 적이 있는가? 좋은 환경에서 태어나 공주처럼 살다가 결국은 감옥에 간 사람들도 우리는 보지 않았는가.

환경이란 것은 결국 내가 해석하기 나름이다. 부모가 성인이 된 우리에게 바통 터치해주고 떠난 자리, 그 자리에서 진짜 승부를 펼쳐야 한다. 부모님이 주신 것들이 나에게 좋은 것이냐, 나쁜 것이냐는 내가 어떤 설계도를 그려서 살아가느냐에 달린 문제이다. 좋은 설계도를 그려서 좋은 인생을 살아가야 하는 것이다.

06

무엇이든 지나침은 모자람만 못하다

"좋은 운도 과하게 밀려오면 도리어 화가 된다.
약간 부족하게 먹는 것이 건강에 좋고, 연인에게는 살짝 부족한 듯 표현해야 오래 간다.
너무 지나친 것은 뭐든 안 좋다.
매사에 적절하게 선을 지키며 사는 사람이 운이 좋은 사람이다."

결혼하고 5년쯤 지난 어느 날, 남편이 나에게 감탄조로 말했다. 게슴츠레한 눈을 하고는 나직한 한숨소리와 함께였다. "당신은 정말 마법사 같아." 나는 속으로 '이게 대체 무슨 얘기란 말인가?' 하면서도 기분이 좋아서 그랬다. "내가 사랑의 마법사 아니면 살림을 너무 마법사같이 잘 해서 하긴, 내 손만 닿으면 모든 음식이 셰프의 요리로 변하긴 하지." 말을 끝내기가 무섭게 남편이 그러는 것이다. "아니 그게 아니고 당신 손만 닿으면 그 자리가 금방 폭탄 터진 모습이 되니까."

무안당한 상처가 아물어 갈 무렵 남편은 또 어느 날, 나를 그윽하게 바라보면서 말했다. "당신은 마치 블랙홀 같아." '아니, 이건 또 무슨 말이란 말인가?' 하면서도 나는 과거를 잊고 다시 그랬다.

"뭐 내가 블랙홀 같다고 예뻐서 아니면 매력이 너무 많아서 주위 사람들이 온통 나에게 흡입된단 말이지 말하자면 사랑의 블랙홀이랄까?"

"아니." 일점의 동요도 없이 남편은 나에게 또 한 방을 날렸다. "당신 주변에 있는 물건이 매일 사라지잖아. 양복을 사면 바지가 사라지고 양말은 다 한 쪽씩만 있고. 혹시 밤에 하나씩 먹어치우나"

사실은 나도 그 부분이 궁금했다. 수많은 결손가정 양말들의 행방이 말이다. 국립과학수사원에 의뢰할까 생각해보기도 했다. 왜 '질량 보존의 법칙'이 성립되지 않는지 말이다. 밤에 도둑이 들어와서 가져가는 상상도 해보았다. '그런데 대체 왜, 그것도 한 짝씩만' 그러다가 남편에게 원망도 했었다. 나는 늘 아이들 육아에 지쳐있는데 잘 도와주지 않는다고 항의했다. 아이들 있는 집은 폭탄 터진 모습이 정상이라고 궁색하게 우겨도 보았다.

어언 10여 년이 흐른 후 그 폭탄은 성능이 업그레이드되었다. 바로 '새끼 마법사'가 둘이나 가세하기 때문이다. 우리 딸과 아들 말이다. 특히 우리 딸은 나보다 더하다고 남편이 혀를 내두른다. 그러나 우리 딸과 나는 박박 우긴다. 우리는 결코 죄가 없으며 정밀하게 조사에 들어가 보라고 말이다. 커다란 싱크 홀이 우리 집 어딘가에 분명 존재하다고 우리는 믿고 있었다.

그런데 최근 나는 이 모든 것들이 은폐, 조작, 왜곡된 사실이라는 걸 알게 되었다. 불과 얼마 전까지만 해도, 내가 '정리장애 1급 환자'라고 굳게 믿었던 나는 '폭탄 테러범'도 아니었고 '인간 싱크 홀'도 아니었다. 나는 그냥 '물건을 너무 많이 샀던 것'뿐이었다. 그리고 진범은 따로 있었다. 그렇게 물건을 사게 만든 주범들 말이다. 바로 홈쇼핑이나 멋진 텔레비전 광고, 간접광고가 들어간 드라마다.

"무조건 사라. 닥치고 사라.", "안 사면 낙오된다.", "이 브랜드 안 입히면 애가 대접 못 받는다." 이런 현란한 말들에 넘어갔던 것이다. 그런데 나는 이제 더 이상 농락당하지 않는다. 불필요한 것들을 버리고 정리하기 시작하고 나서부터다. 나는 지금 살림의 마법사, 사랑의 블랙홀이 되어 주위 사람들을 강력하게 흡입하고 있다.

온갖 물건에 둘러싸여 있어야 인정받는다고 느끼는 사람들이 있다. 방송에서 자주 다루는 '저장 강박증 환자'도 그런 인정욕구에서 출발한 게 아닐까? 그러나 진정한 품격은 간소하게 필요한 물건 사며 남의 가치관에 쉽게 휘둘리지 않는 데서 온다는 것을 알게 되었다. 이런 깨달음은 '부단한 노력으로 숙성이 된, 시간이 주는 선물'이다. 최근 그런 매력이 나에게 작동하기 시작했다. 쓸데없는 것들을 버리고 정리를 함으로써 말이다.

중국마저도 올해 예상 성장률을 낮추었다. 이제 전 세계적인 불황의 시대가 오고 있다. 과연 우리나라 '3포 세대'는 앞으로 몇 포까지 가는 기록을 세울까? TV 속에서는 집밥 요리 바람이 불어 외식도 줄고 있으며, 냉파(냉장고 파먹기)로 불필요한 식비를 줄이라고 한다. 버리고 정리해서 작은 평수에도 잘 살라고 말한다. 최근에는 〈김생민의 영수증〉이 뜨고 있다. 생활 속에서의 사소한 절약을 개그로 승화시킨 것이다.

이런 절약은 이전 세대의 근검절약과는 다르다. 그땐 절대적인 빈곤 상태였고 그래서 나온 말들이 있다. '마른수건도 더 짜자.', '티끌모아 태산' 그 때에 비하면 지금은 대다수가 상대적인 빈곤의 시대를 살고 있다. 이런 상황을 다른 시각으로 바라보면 어떨까? 절약은 절약이되 구질구질하지는 않은 절약, 즉 간소한 삶을 창조해내는 '창조적인 절약'으로 보는 것이다.

나는 이 과정에서 진정한 '버리기'를 해보았다 거의 2주일쯤 걸려서 과감하게 진행했는데 그때 버렸던 물건들은 아래와 같다.

－멋진 숀 리의 홈쇼핑 광고에서 산 99,900원짜리 만능 운동기(딱 1주일 후 만능 옷걸이가 된 주인공)

－야심차게 산 울퉁불퉁 홀라후프(휘두르다가 우리 집 기물이 다 파손돼서)

－베스트셀러라 하도 떠들어서 샀으나 읽자마자 몇 년 전에 읽은 다

른 책이랑 거의 판박이 내용이라 덮은 책 대여섯 권

　-눈이 갑자기 침침해져서 위기감에 샀으나 집에 하도 건강식품 종류가 많아 배불러서 못 먹고 놔둔 눈 영양제

　-1, 2월 부분만 색색의 예쁜 소녀 글씨로 써 놓은 2011, 2012, 2013, 2014, 2015, 2016년도 가족 다이어리

　-설현 핏 보고 따라 샀다가 내 몸에선 너무 낯설어 적응 못한 반바지

　-청결하게 속옷을 매일 삶아 입을 거라고 산 삼숙이(옷 삶는 기구)

　-다리 하나가 부러져 공포 분위기를 조성했던 공주 풍 전신거울

　-유효기간이 최소 3년은 지난 티백차들

　-광고 보고 사서 나한테 안 맞는 색깔이란 것만 확인하곤 하던 밝은 톤의 립스틱들

　물건이 정리되자 더 이상 새로운 물건에 눈길이 가지 않았다. 그걸 사면 또 어디다 정리해야 할지, 또 버릴 때를 생각하니 골치가 아팠던 것이다. 물건 하나하나는 나에게 불필요한 생각을 일으킨다. 또 그런 소비를 안 하니 절약으로 이어지고 시간이 절약된다. 무엇보다 생각이 절약된다. 그리고 남는 생각과 시간을 더욱 필요한 것에 쓸 수 있게 되었다. 이런 절약은 영혼을 풍요롭게 한다. 무엇보다 자존감이 불쑥 솟는다. 그깟 물건에 조종당하지 않고 내가 모든 것을 조종한다는 자부심이다.

이제 새로운 프레임이 필요하다. 그것은 건강과 시간을 되찾고, 의외의 사소한 것들로부터 행복해지는 방식이다. 몹시 간소하지만 풍요로운 라이프 스타일에 정착한다면 가능하다. 물건만 간소한 게 좋은 건 아니다. 부모가 자식한테 거는 기대도 간소한 게 좋다. 나는 아들이 돌 무렵 천재인 줄 알았다. 그래서 아들의 대학으로 하버드를 꿈꾸었다. 조금 지나서 유치원 다닐 땐 조금 낮춘 서울대, 그리고 계속 그런 식으로 하향 조정하다가 중3인 지금은 학교에 다녀주는 걸로도 감격스럽다. 유난히 반항 끼가 있는 우리 아들이 '초졸'이 될까봐 초조할 정도다. 간소한 기대를 거니까 아들과 점점 사이가 좋아진다.

현대인의 병은 많이 먹고 안 움직이는 것이라고 한다. 먹은 것이 소화될 틈이 없이 또 먹을 것이 들어오면 어떻게 되겠는가? 좋은 운도 과하게 밀려오면 도리어 화가 된다. 약간 부족하게 먹는 것이 건강에 좋고, 연인에게는 살짝 부족한 듯 표현해야 오래 간다. 즉 너무 지나친 것은 뭐든 안 좋다. 매사에 이렇게 적절하게 선을 지키며 사는 사람이 운이 좋은 사람이다.

07

혼자 있는 시간에 좋은 운이 찾아온다

"혼자 있는 시간을 즐겨라. 나를 사랑하는 시간을 가져라.
그러면 새로운 계획이 떠오르고 문제를 해결할 방법이 보일 것이다.
늘 바쁘게 살면서 나에게 운 따위는 없다고 하는 대신,
혼자 있는 시간을 내어 운을 한번 만들어보자."

지금은 남편과 잘 안 싸우지만 결혼하고 몇 년간은 자주 싸웠다. 하루는 어찌나 치열하게 싸웠는지 밤부터 싸우다가 동이 훤하게 터 오기도 했다. 하루는 남편이 휴전 협정을 제안했다. 이제 좀 그만 싸우자고 한 것이다. 그런데 대화를 하다가 또 옆길로 새서 싸움이 되었다. 그때 남편이 너무 화가 났나보다. 갑자기 내 성격이 너무 안 좋다고 말했다. 그래서 내가 물어보았다. "그럼 왜 결혼했어? 결혼 전에는 몰랐어?" 그랬더니 원래부터 알고 있었단다.

순간 갑자기 머릿속을 스치는 것이 있었다. 대부분의 부부가 성격 때문에 이혼한다는 통계였다. 그래서 내가 큰소리로 물어 말했다.

"그럼 이혼하면 되겠네. 성격이 안 맞으면 어떻게 살아 차라리 이혼하면 될 거 아냐. 이혼해, 그럼."

몇 초의 침묵이 흘렀다. 나는 침이 꼴깍하고 넘어가는 걸 느끼면서 이 시간이 빨리 지나가기만을 기다렸다.

그때 남편이 천천히 입을 열었다. "당신 성격이 안 좋은 걸 알면서 왜 결혼했느냐 하면 말이지, 그건, 당신이 '반딧불이'이기 때문이야." 나는 귀를 의심했다. "뭐 무슨 불" 남편은 계속 말을 이어 나갔다. "당신이랑 나랑 같이 본 영화 있지 〈클래식〉이란 영화 말이야, 거기서 남녀 주인공이 시골길에서 길을 잃지. 그 때 반딧불이가 나타나 둘이서 행복해 하잖아. 반딧불이가 꼭 무언가를 해주지는 않지. 밤길을 비춰줄 정도로 밝지도 않아. 그냥 '존재 자체'로 행복하게 해. 당신은 성격은 못 됐지만 나에게 행복을 주니까 꼭 반딧불이 같아."

그날 부부싸움은 남편의 완벽한 승리였다. 나는 그 뒤로 한동안 아주 정숙한 여자로 지냈다. 반딧불이가 어떻게 시끄럽게 말하고 화를 낸단 말인가 급기야는 남편에게 나를 '반디'라고 불러달라고 했다. 그날 이후로 우리 부부는 싸움을 확실히 덜하게 되었는데 나의 자존감이 회복된 결과다. 부부싸움은 알고 보면 서로의 자존감 때문에 일어난다. 결혼하고 나면 자길 무조건적으로 지지해주는 부모가 곁에 없다. 이제부터는 오히려 내가 누군가를 지지해주고 사랑해주어야 하는 것이다. 아직 어른이 될 준비가 안 되어 있는데 어쨌든 해내야 한다.

나는 결혼하고 몇 년간 아이들을 낳고 기르느라 5년간 일을 쉬었다.

그 기간은 자존감이 낮아져서 남편에게 화풀이를 하곤 했는데, 내 마음을 읽었는지 그런 감동적인 멘트를 날려준 것이다. 육아기간은 여자로서의 존재감을 극대화시켜 주는 시기이자, 자신의 존재감이 사라지는 시기이기도 하다. 무엇보다 그 시기에는 혼자 있는 시간을 확보할 수가 없다. 하루 종일 아이들을 돌보다가 밤에는 쓰러져 잠이 든다. 이런 생활 속에서 가족을 위해 나 자신을 희생한다는 숭고한 정신만으로 버티기는 힘들다. 자신만의 세계가 사라지고 결과적으로 '자존감'이 떨어진다.

자존감 상실은 우울증을 일으키나보다. 친구 중 한 명이 갱년기 우울증이 심했다. 아이들이 다 크니 자기 자신이 쓸모없는 존재로 느껴진다고 했다. 그래서 우울증 치료를 받았는데, 그 과정이 곧 자존감을 회복하는 과정이라고 했다. 치료를 받고 나서 어느 정도 좋아졌다고 생각하자, 하루는 담당 정신과 의사에게 물었다. "우울증이 다 나았는지 아닌지 헷갈릴 때가 있어요. 그걸 어떻게 판별하죠?" 그러자 의사가 그랬단다. "만약 사람들 틈이 아닌 집에 혼자 있어도 자신이 소중한 존재라고 느끼면 우울증이 다 나은 거예요. 만약 혼자 있을 때 자신이 쓸모 없는 존재라고 느끼면 아직 우울감이 있는 거죠."

혼자 있는 시간이 우울증을 판별하는 기준이 된다는 것이었다. 물론 우울증 판별법에 대해선 의사마다 정의가 다를 수 있다. 하지만 행복하려면 자신을 사랑할 수 있어야 하고, 그러면 혼자 있는 시간을 즐길 수 있다는 말에 공감이 된다. 딴지일보의 김어준은 자존감에 대해 정의한다. 세상에서 가장 멋있는 사람은 자존감이 강해서 '자신을 무조건적으로 사랑하는 사람'이라고 한다. 자존감은 자신감과 헷갈리기도 하는데 오히려 정반대의 말이란다. 자신감은 자신이 외적으로 무언가를 성취했을 때 그 결과로 주어지는 감정이다. 그에 반해 자존감은 꼭 무언가를 이루지 않아도 자신을 사랑하는 당당함이라고 한다.

예를 들어 뚱뚱하고 못 생겼는데, 그럼에도 늘 당당하고 자신을 사랑하는 여자는 진짜로 섹시하고 예뻐 보인다. 그것은 자기가 예쁘다고 착각하는 것과는 다르다.

"그래. 나 뚱뚱하고 못 생겼다. 그래서 어쩔래? 나는 그래도 내가 무지 사랑스럽다."

자신에 대한 사랑이 겉으로 드러나서 매력적으로 보인다는 것이다. 그래서 못 생겨도 인기가 많아지는 결과를 낳게 된다고 한다.

가끔 못 생긴 여자가 온갖 스펙의 멋진 남자랑 사귀는 것을 본다. 그런?여자는 아마 대단히 자존감이 높을 것이다. 반대로 예쁘고 똑똑한데 자신의 기준이 너무 높아 열등감을 갖고 사는 경우를 본다. 자신은 겸손하다고 착각하지만 사실은 더 잘난 사람에 대한 열등감 내지는 비굴함 때문이다. 최고의 자리에 올라가고 나면 거만해질 확률이 높다. 자존감이 높은 사람은 다르다. 어떠한 경우에도 자신을 사랑하는 끈을

놓지 않는다. 이런 사람들은 혼자 있는 시간을 철저히 즐긴다. 자신과 온전히 마주하는 시간이기 때문이다.

바쁜 현대인들이 온전히 혼자 있는 시간은 언제일까? 바로 이른 새벽이다. 이때는 시도 때도 없이 울리던 핸드폰도 울리지 않는다. 정신도 맑으니 이때의 효율은 낮 시간과 비교할 수 없이 크다. 이 시간을 이용하면 업무를 효율적으로 해낼 수가 있다. 하루의 모든 일이 잘 될 수밖에 없을 것이다. 어떻게 보면 운은 새벽에 숨어 있는 셈이 된다. 필요한 건 알람시계 하나다. 아니 몇 개가 더 필요하다. 무거운 눈꺼풀을 들어 올릴 성능 좋은 지렛대와, 나는 매우 사랑스런 존재이며 그래서 뭐든 해낼 수 있다는 '믿음' 말이다. 그 믿음을 강화하는 데는 자신의 잠재의식을 활용해야 한다.

제 아무리 자신에 대한 믿음을 가지려 해도 세상은 종종 나를 주눅들게 한다. 그러니 한 번 주입한 믿음은 오래 가지 않는다. 계속해서 무한리필 해야 한다. 그 무한리필을 언제 해야 하는가? 바로 혼자 있을 때이다. 외부적인 자극이 없는 상태, 그 상태에서 자신을 되돌아보고 자신에 대한 믿음을 충전해야 한다. 명상이나 기도 등은 바로 자신을 돌아보는 도구이다. 이 모든 것들은 조용한 곳에서 혼자 해야 하는 것들이다.

파스칼은 일찍이 혼자 있는 시간의 중요성을 설파했다. 사람은 '조용히 자신을 성찰하는 능력'이 가장 중요하다고 말이다. 혼자 있는 시간을 즐겨라. '나를 사랑하는 시간'을 일부러라도 내야 하는 것이다. 그러면 새로운 계획이 떠오르고 문제를 해결할 방법이 보일 것이다. 이렇게 차분하게 자신을 돌아보고 정리하는 삶, 그것은 '꽁꽁 숨어 있는 운'을 찾아내어 적극적으로 활용하는 삶이 아닐까? 늘 바쁘게 살며, 나에게 운 따위는 없다고 하는 대신, 혼자 있는 시간을 내어 운을 한 번 만들어보자.

08

당신의 믿음이 당신의 미래를 만든다

"나의 현재 모습은 사실 내가 과거에 그려온 미래의 일부이다.
지금의 모습이 내 마음에 들지 않는다면 나에 대한 믿음이 부족한 경우다.
행복과 불행은 마치 내가 나를 사랑하는 믿음 위에
존재하는 '조건부 탑'과 같다."

최근 친구와 통화 중 대학 서클 선배 이야기가 나왔다. 소위 엄친아인 그 선배는 우리 서클에서 자랑거리였는데 친구가 지금도 그 선배에게 서운한 게 있단다. 즉, 그 선배가 자기한테는 친구를 소개시켜주지 않고 나한테만 소개시켜준 거라고 한다. 심지어 부탁까지 했는데 모른 척했다고 했다. 나는 이에 어쩔 수 없이 나의 괴로운 과거를 끄집어내야만 했다.

사실 그 소개팅은 나에게 '후천성 자존감 면역 결핍증'에 30%쯤 공헌한 사건이다. 그 선배가 나에게 자기 친구들을 소개시켜준 건 사실이다. 그것도 세 번씩이나 말이다. 그러나 나는 그 모두에게서 말끔하게 차였다. 그래서 내가 비참하게 차인 사건을 되도록 희화화해서 말해주었다.

이런 마음속을 모르는지 친구가 그런다.

"야 그래도 그 선배가 너 예뻐서 소개시켜준 거야. 그 선배 눈이 높잖아."

하긴 그렇다. 그 선배가 자기 친구들을 소개시켜주었다는 것만으로도 다들 나를 부러워했다고 한다. 나는 그 선배가 나에게만 소개팅을 시켜주었다는 사실을 알고는 있었다. 그런데 그것 때문에 더욱 괴로웠다. 기대를 저버렸다는 생각에 말이다.

그런데 지금 생각하니 그 선배가 과연 내 소개팅의 결과를 놓고 기대를 하거나 실망하거나 했을까? 아니 조금 더 나아가 보자. 그 선배가 혹시 나를 후배로서만이 아니라 조금 좋아했을지도 모른다. 그래서 오히려 나 같은 스타일 안 좋아하고 조신한 여자 좋아하는 친구들만 소개시켜주었는지도 모른다. 그런데 내가 눈치가 없어서 몰랐을 수도 있다.

그 선배는 인기가 있었으니 다른 여자 후배들이 절망할까봐 나에게 고백을 못 했을 수도 있다. 아니다. 처음부터 나한테는 관심 따위 없이 4년 내내 남자친구 없는 내가 불쌍해서 아무나 소개시켜준 것일 수도 있다. 중요한 것은 따로 있다. 나에게 늘 남는 못난 생각이다.

나는 왜 눈부신 젊은 날을 그토록 오랫동안 부정적인 생각에 머물렀던 것일까? '모 아니면 도 식'의 극단주의 말이다. 세상에는 나를 좋아하는 사람도 있고 싫어하는 사람도 있는 게 당연하다. 특히 이성에 대한 호불호는 지극히 개인적이다. 그리고 세 번 차인 게 뭐가 대수인가? 내가 찬 남자는 그보다 훨씬 많다. 그 중에 단 한 명이라도 나를 죽어라 쫓아다녔는데 내가 싫어하면 그게 더 골치 아프다. 사실 그 세 명이 어땠는지 기억에도 없다. 나는 내가 좋아하는 스타일인지를 떠나서 내가 차인 것에만 흥분했던 것이다.

젊은 날로부터 멀리 달아나온 지금 나의 기억들이 많이 왜곡 변형되었음을 느낀다. 젊은 날의 눈부심 내지 불안함은 조울증 환자처럼 사실을 부풀리기도 한다. 때론 그 변칙성이 지나쳐 과거를 왜곡시킨다. 그게 맘이 편한 건지 아님 자학적인 성향이 나타난 건지는 모르겠다. 그 중에서도 학창시절에 대한 왜곡은 사춘기 시절의 모호성, 그 자체다. 늘 어두운 왜곡의 길 위에서 주춤거린다.

내가 생각하는 학창시절의 나는 늘 자신감이 없었다. 이유는 여러 가지였다. 무엇보다 가정환경이 좋지 않았고 사각 진 얼굴에 주근깨가 있어서 여자로서 전혀 매력이 없다는 자괴감이 작용했다. 나보다 못생기고 성격이 괴팍한 친구들도 이성에게서 뿐만 아니라 주위사람들에게 매력을 풍겼는데 말이다.

지금 생각해보면 나는 한 마디로 남들보다 못났기 때문이 아니라 '못났다고 생각하는 마음' 때문에 못난 것이었다. 애석하게도 나는 내가 얼마나 나를 오해하고 살았는지 지금처럼 나이를 많이 먹고서야 알았다. 자신에 대한 이러한 막연한 피해의식은 나도 모르게 남에게 상처를 주기도 한다. 상처를 받지 않으려는 지나친 방어 본능 때문에 말이다.

사람이 나만 있는 건 아닌가 보다. 소설로도 표현되는 것을 보면 말이다. 바로 2011년 맨 부커 상을 수상한 줄리안 반스의 《예감은 틀리지 않는다》이다. 소설 속 주인공인 토니는 자신이 전형적인 소시민이라는 데 대해 열등감을 가지고 있었다. 그런 그가 학교에서 전형적으로 상류층 여자인 베로니카를 만나 1년 넘게 사귄다. 그러나 사귀는 내내 모멸감만 느끼다가 결국 헤어진다. 그런데 베로니카가 곧바로 자신의 친구 에이드리언하고 사귀고 이에 토니는 격분한다.

그 후 크게 상처받은 채 일생을 살아간다는 내용인데, 이는 어디까지나 주인공의 주관적인 인생 비평이다. 나중에 베로니카 엄마의 죽음을 계기로 진실이 밝혀진다. 진실은 토니가 생각하던 사실과 다르다. 결국은 자기가 피해자가 아니라 가해자였다는 사실을 알게 된다. 자기가 오히려 그 둘에게 크나큰 상처를 주었던 것이다. 그리고 평생 자신을 괴롭히던 열등감이 얼마나 부질없었는지를 뒤늦게야 깨닫는다. 나는 이 소설을 읽으며 대부분의 사람들이 이 소설의 주인공과 조금씩 닮아 있음을 느낀다.

대부분의 사람들은 깊은 마음속에 이러저러한 열등감을 숨기고 살아간다. 그 열등감은 때론 비수가 되어 자신은 물론 남까지 찌르곤 한다. 여기서 무엇보다 안타까운 것은 자신에 대한 부정적인 기억이다. 추억에는 온갖 부유물들이 묻어서 떠오르곤 한다. 그런데 나는 특히 젊을 땐 무척 예민해서 나에게 일어나는 상황을 부정적으로 해석하여 기억 속에 저장하는 경향이 많았다. 그러다가 나이가 들고 나서 꽤 괜찮은 내가 보이기 시작했다. 성격이 전보다 무뎌지고 포용하게 된 것이다.

내가 젊었을 때, '누군가 나에게 조언을 해주었으면 부정적인 생각으로 낭비하는 시간을 줄였을 텐데…….' 하고 생각하기도 한다. 다들 왜 나에게 적극적으로 말해주지들 않았을까?

그런데 반대로 생각해보면 나는 그들을 위해 과연 얼마나 위로하고 적당한 선에서 정리해 주었었나? 반성이 든다. 나 살아가기에도 늘 바빴으니 말이다.

나의 현재 모습은 사실 내가 과거에 그려온 미래의 일부이다. 지금의 모습이 내 마음에 들지 않는다면 나에 대한 믿음이 부족한 경우다. 가끔 안타까운 경우를 많이 본다. 항상 1등을 하는데도 자신이 공부를 못 한다고 느끼는 경우 등이다. 결국 자살까지 하는 극단적인 경우도 있지 않은가?

우리 딸이 친구 위로해준 이야기를 들으면 참 대견하다. 친구가 영어 시험에서 한 개 틀렸다고 펑펑 우는 걸 자기가 위로해주었단다. 그러면서 자기는 전보다 10점이나 올라서 기쁜 마음을 숨기는 게 힘들었다고 한다. 그 전의 점수는 말을 안 해도 알 것이다. 1등급이 못 되어도 행복한 인생이 있다. 반대로 초특급인데도 늘 불행하게 사는 사람을 본다.

행복과 불행은 마치 내가 나를 사랑하는 믿음 위에 존재하는 '조건부 탑'과 같다. 늘 그 자리에 있어서 힘겹게 몇 시간씩이나 차를 타고 견학 가는 '경주 불국사의 석탑'이 아닌 것이다. 그 탑은 직접 가야만 볼 수 있다. 하긴 몇 년 전 불국사에 갔을 땐 석가탑과 다보탑이 수리 중이라 제대로 보지도 못하고 왔다.

'내 믿음 위의 탑'은 내가 믿기만 하면 항상 가지고 다닐 수 있다. 실제로 불국사에 가서 탑을 보면 몇 층인지 셀 정신이 없다. 사람이 너무 많고 피곤한 것이 그 이유다. 내 안에 탑을 쌓아야 한다. 언제든 꺼내볼 수 있고 자세히 관찰할 수 있는 탑, 내가 나를 믿는 '믿음의 탑' 말이다. 그 믿음이 나의 미래를 만들어 내는 것이다.

[제4장]

운명을 뛰어넘는
좋은 인상을 만드는
8가지 방법

'건강을 잃으면 다 잃은 것' 이라는 말이 있다. 건강을 관리하는 것은 단순히 여러 가지 인생의 문제 중 하나를 관리하는 게 아니다. 어쩌면 좋은 운을 불러들이는 첫 걸음일 수 있다. 몸이 건강해야 좋은 운을 불러들인다. 좋은 운의 결과는 피부상태, 표정, 혈색 등으로 정직하게 드러난다.

01

돈보다 운을 버는 습관을 들여라

"아침을 일찍 시작한다는 것은 '운을 버는 습관'이다.
아침은 하루의 시작이다. 시작부터 즐거운 마음으로 시작한다면 운이 좋은
하루를 살게 될 것이다. 나는 매일 기대하는 마음으로
하루를 일찍 시작하면서부터 많은 여유가 생겼다."

행운의 주인공은 어떤 사람일까? '복권에 당첨되는 사람?' 노력을 안 해도 성과가 좋은 사람 아님 이성에게 인기가 많은 사람 거액의 복권에 당첨된 사람들의 끝이 불행하다는 이야기가 심심찮게 들린다. 그리고 이성에게 아무리 인기가 많아도 일부일처 사회에선 한 사람하고만 살아야 한다.

우리나라가 선진국에 진입하면서 이제는 양적으로만 잘 사는 게 아니라, 질적으로도 행복한 삶을 추구하게 되었다. 질적으로 행복하게 산다는 건 어떤 것일까? 여러 가지가 있겠지만 우선 인간에 대한 예의가 있고 여유가 있는 삶이 아닐까 한다. 부자들 중에는 '갑질'을 하거나 인격적으로 부족한 사람들이 있고, 돈이 없어도 교양이 있는 사람들을 본다. 인간에 대한 예의를 가지고 여유 있게 사는 것. 이 두 가지

가 습관화된다면 운이 저절로 들어오는 삶이 된다. 주변의 '행복한 사람들'을 관찰한 결과이다.

얼마 전 이사를 했다. 이삿짐센터에서 오면 보통 부엌 정리 담당하시는 여자 분이 오시는데, 보통은 이삿짐센터에서 고용된다. 그런데 이 아주머님은 전체를 진두 지휘하셨다. 그런데 직원들이 아주머님한테 꼼짝 못 하는 분위기였다. 알고 보니 이들은 한 가족이었다. 엄마, 아빠, 아들 셋 해서 다섯 명이 한 팀이었다. 이들은 가족이라 그런지, 손발이 착착 맞았다. 가만 보니 다들 키가 크고 비슷하게 생겼다.

그들은 일은 잘했지만 너무 꼼꼼하게 하느라 시간이 오래 걸렸다. 날씨도 덥고 피곤해서 빨리 이사를 했으면 좋겠는데 말이다. 물건 하나 옮기는데도 계속 위치가 맞느냐고 물어보고 남편도 있는데?"사모님" 하면서 나만 찾았다. 너무 지친 나는 물건 사러 간다며 한참 피해 있기도 했다. 그러면 또 전화로 물어보았다. "사모님, 어디 계세요? 이 자전거는 어디에 둘까요?" 지나치다 싶을 정도로 확인을 하는 것이었다.

나중에 그 이유를 알게 되었다. 그 전날 이사한 집에서 물어보지 않고 일한 부분에 문제가 생겼다. 그래서 돈을 한 푼도 못 받았단다. "찜통더위에 이렇게 수고를 했는데 돈을 떼어먹다니, 나중에 자기가 한 잘못은 자신이 다 돌려받을 텐데." 하면서 내가 흥분했다. 그랬더니 아주머님이 미소를 지으면서 말했다. "나는 그 아기 엄마에게 나쁜 마음 없어요. 조금 기다려 봐야죠."

천사가 따로 없다. 이 아주머님은 매사에 여유 있는 마음 씀씀이가 보였다. 아니, 가족 전체가 여유 있고 화기애애했다. 냉장고를 청소할 땐 온 가족이 매달려서 선반 하나하나를 물로 씻어 닦았다. 대부분 행주로 닦는데 말이다. 그러더니 물건의 종류별로 나란히 진열을 해서 광고에나 나올 법한 냉장고 수납을 완성했다. 역시 전문가의 손길은 달랐다. 내가 감탄을 연발하면서 평소에 집도 이렇게 정리하시냐고 하니까 대답하셨다. "직업이니까요."

평소 바쁘니까 물건 하나를 꺼내고 집어넣을 때마다 그때그때 닦아서 넣는다고 했다. 이런 식의 사고방식은 참 '겸손하면서도 창조적'이라 느껴진다. 보통은 두 가지로 대답한다. 비굴한 표정으로 바뀌면서 "일하느라 바빠서 집은 대충 해놓고 산다."거나 아니면 거만하게 "난 원래 성격이 깔끔해요. 그래서 절대 더럽게 해놓으면 잠을 못 자요." 아마 그런 성격이었으면 돈을 못 받았을 때 싸우거나 금방 내용증명을 보내고 소송을 준비했을 것이다. 그리고 가족들의 그 화목한 분위기는 기대하기 어려웠을 것이다.

그 아주머님은 한마디로 교양이 있었다. 아마 돈은 금방 받았으리라 생각한다. 사과의 말과 함께 말이다. 아마 이삿짐을 챙기면서 아기엄마가 순간적으로 오해를 했을 것이다. 이사를 할 땐 신경이 날카로워지니 말이다. 그에 맞서서 똑같이 화를 내지 않고 여유 있게 기다려줄 줄 아는 그 아주머님이 큰 그릇인 것이다. 당연히 그 가족회사는 반드시 번창할 것이다. 나만 해도 누가 이사한다면 그 회사를 소개시켜줄 것이다.

일이 뜻대로 안 되는 경우 사람들은 두 가지 방식중 하나를 취한다. 비굴하게 포기하거나 거칠게 대항하거나이다. 그러나 창조적인 발상의 사고를 가진 사람들은 제 3의 방식을 택하는데, 조용하면서 강하다. 결국 상대방이 미안하게 만들면서 해결한다. 반대로 어떤 사람들은 문제가 발생할 경우 포기하거나 심한 언쟁으로 관계를 악화시킨다.

이 이삿짐센터 가족은 '행복한 삶'이란 것을 잘 보여준다. 그 아주머님은 운을 버는 방법을 제대로 알고 계시는 듯하다. 최악의 경우 아기 엄마한테서 돈을 못 받더라도 가족들이 즐겁게 일하고 행복하게 웃는 것을 더 중요하게 생각하는 것이다. 이런 자세로 일하면 자연스럽게 사업이 번창하리라 생각한다.

우리가 살아가면서 웃음을 잃는 이유는 무엇일까? 우리는 안 좋은 일이 생긴 경우 상황보다 앞서 걱정하고 속단을 내리는 때가 많다. 안 좋은 속단은 우리 얼굴에서 웃음을 앗아간다. 이때 이삿짐 아주머님 말씀처럼 웃으면서 "일단 기다리는 것"이 중요하다. 상대방이 그 고요 속에서 자신을 돌아보게 할 수 있는 것이다. 이유 없이 나 자신에게 화가 나는 경우도 돌이켜 보면 별것 아닌 경우가 많다. 그러니 '일단 기다려 보는 것'이다. 내 감정의 파도가 지나갈 때까지, 또는 상대방이 반성을 하거나 나를 용서해줄 때까지 말이다.

기다리는데 필요한 것은 무엇일까? 한 웅큼의 여유다. 그런데 그 한 웅큼의 여유가 현대인에게 부족하다. 즉, 우리는 마음만 먹으면 여유가 생기는 것으로 아는 경우가 많다. 하지만 여유는 상당히 물리적인 것이다. 한 시간이라도 일부러 여유를 만들어야 하고, 그러면 하루가 달라지는 것이다.

나는 최근 들어 아침에 훨씬 여유가 생겼다. 전보다 1시간 일찍 일어나서 아침을 맞이하기 시작하면서부터다. 《미라클 모닝》이란 책을 읽고 나서다. 그 책은 아침이 주는 여유에 대해 이야기하고 있다. 아침 시간은 기적을 일으킨다고 하여 '미러클 모닝'이라고 하는데 나에겐 아침에 1시간을 더 얻은 것도 커다란 기적을 일으킨다. 일단 식구들과 관계가 좋아진다.

전에는 딸이, "엄마 내 교복 빨아 놨어? 어디 있어?"를 시작으로, 아들이, "엄마 내 자전거는 어디 갔어요?" 남편의, "와이셔츠는 다렸지? 수건은 어디 있어?" 등등 나를 채근하는 말들이 오갔다. 그럼 화가 발칵 나기 시작한다. 내가 집안의 물건을 다 일일이 기억하고 찾아주는 사람인가? 하고 말이다.

아침밥을 안 먹으니 신경이 더 날카로워졌다. 대충 화장을 하고 집을 나서며 마음이 편치가 않았다. 식구들도 못 챙기고 나도 못 챙기는 데 대한 불편한 마음 말이다. 그렇게 직장에 헐레벌떡 뛰어가서 일을 하곤 했다. 아침부터 어수선한 마음 때문에 피곤한 하루를 예약한 거나 다름없었다.

아침을 일찍 맞이하고 나서부터는 풍경이 달라졌다. 아침에 식구들에게 간단하게라도 밥을 차려 주니 마음이 뿌듯하다. 그리고 와이셔츠 다림질도 여유 있게 해놓고 교복도 챙겨준다. 할 일을 다 해주고도 내 화장할 시간이 남는다. 그러니 여유 있게 직장에 가게 되고 모닝커피를 하면서 하루를 시작한다. 그런 하루가 쌓이고 쌓이면 성공자의 삶, 행복한 삶에 다가갈 확률이 높아지는 것이다. 아침은 좋은 기가 모이는 시간이다. 그래서 일찍이 아침의 중요성에 대해 이야기한 성현들이 많다.

유난히 아침잠이 많은 사람들이 있다. 그래서 전에는 껄끄러운 시댁 식구가 들이닥치듯 떨떠름하게 아침을 맞이했을 것이다. 이제부터는 첫사랑을 대하는 마음으로 아침을 맞이해보자. 아침에 일찍 일어나는 방법은 여러 가지를 참조하면 된다. '알람 어플리케이션' 만 해도 기발한 것들이 많이 나와 있다. 전날 일찍 자는 습관을 들이면 건강도 챙길 수 있다.

아침을 일찍 시작한다는 것은 '운을 버는 습관'이다. 아침은 하루의 시작이다. 시작부터 즐거운 마음으로 시작한다면 당연히 운이 좋은 하루를 살게 될 것이다. 나는 하루를 일찍 시작하면서부터 많은 여유가 생겼다. 아침에 일찍 일어나서 해야 할 일을 전 날에 미리 적어놓고 아침에 하나씩 지우는 기쁨도 느낀다. 그렇게 매일 기대하는 마음으로 하루를 시작한다. 오늘도 나는 설렌다. '오늘은 누구를 만나고 어떤 일을 하게 될까?' 하면서 말이다.

02

사람 보는 법을 공부하라

"나는 심지어 밥을 먹을 때도 식당 관상을 본다.
식당 간판을 보면 맛이 있을지 없을지 대강 짐작이 간다.
사람도 마찬가지다. 아무리 감추려 해도 사람 얼굴만큼 정직한 게 없다.
모든 정보가 얼굴에 그대로 드러난다."

지인인 고등학교 수학교사와 서로의 고민에 대해 대화를 나눈 적이 있다. 그는 자기가 교사로 있는 고등학교가 대학 진학률이 낮은 것이 고민이었다. 아무리 열심히 가르치고 입시상담을 잘 해도 결국은 경제력의 영향이 커서 허탈함을 느낄 때가 많다고 했다. 나는 그 당시 전업주부로서 아이들을 키우고 있었는데 그 고민들이 와 닿지가 않았다. 어차피 남의 아이들 문제이니 말이다. 그래서 나도 고민이 있다고 말했다.

지금 생각하면 참 미시적인 고민들이었다. 하지만 나에겐 절박했던 문제인데,

"난 집안 정리를 못 해서 큰일이야. 살림 잘하는 옆집 엄마가 걸레질하면 깔끔하게 닦이는데 내가 하면 물 자국이 남거든. 대체 뭐가 문제

인지 모르겠어. 어수선한 집에 들어가기 싫어서 유모차 끌고 빙빙 돌다가 늦게 들어가. 그럼 우리 남편은 오죽하겠니?"

대충 이러했다. 진짜로 그땐 심각하였다. 나에겐 심각한 이유가 있었다. 주변에서 아이들이 공부 잘 하고 남편이 싹싹하게 잘 대해주는 복이 많은 여자들을 보면, 예외 없이 그런 여자들은 깔끔하고 정리정돈을 잘하는 것이었다. 살림, 특히 정리정돈을 못하는 나로서는 괴로웠다. 이 부분을 선천적인 장애라 여겨 자존감이 땅 끝까지 떨어져 있었던 것이다.

그러던 어느 날 나는 대단한 결심을 하였다. 살림에 관해 닥치는 대로 공부를 하기 시작한 것이다. 정리정돈 노하우와 청소 비책 등에 대해서였다. 이론공부를 약 3주 정도 집중적으로 하던 어느 날 나는 드디어 굉장한 청소를 시작했다. '무조건 갖다가 버리기 프로젝트' 이다. 그래서 진정한 미니멀리즘을 내 삶에 실현하게 되었다. 그 결과로 크게 달라진 게 있다. 바로 나의 자존감 회복이다. 알고 보니 나도 일반 주부들과 다르지 않은 정상인이었다. 그런데 그 동안 무슨 저주에 걸린 것 같았다. 그건 내가 살림을 경시하기도 했고 무엇보다 '살림에 대한 공부'가 부족했기 때문이었다.

학교에서 하는 것만 공부는 아니었던 것이다. 즉 집에서 하는 일들도 끊임없이 학습이 일어난다. 예를 들어 주부들이 옆집에 놀러 가서 세 시간 가까이 수다를 떨며 맛있는 국수를 얻어먹고 집에 온다. 그 시간동안 주부는 많은 공부를 했다. 국수를 색다르게 마는 비법, 육수 내는 비법 등을 배운다. 또 아이들의 입시정보라든가 사춘기 아이들에 대한 심리학, 시어머님과의 갈등 해소 과정을 들으며 세대 간 대화방법까지 배워 온다. 이처럼 살림도 배우면 되었던 것이다. 그런데 나는 살림을 입으로만 잘 하고 싶었던 것이다.

나는 '살림'이라는 원자폭탄을 과감히 맞아 보기로 했다. 적을 알고 전쟁에 임하는 사람처럼 비장하기까지 했다. 그리고는 온갖 자료들을 모으고 매일 새벽까지 날밤을 새면서 공부를 했다. 우리 딸은 내가 밤을 새워서 살림법에 관한 책들을 보고 형광펜으로 밑줄을 긋는 것을 보고는 신기해했다.

"엄마 그런 걸 꼭 밤새워 공부해야만 하는 거야?" 내가 그랬다.

"응. 엄만 살림이 세상에서 제일 무서워. 적을 알아야 싸움에서 이기지."

《손자병법》 저자가 '병법'이 이런 데 쓰인 줄 알면 얼마나 황당할까? 그리고 결국 나는 그 싸움에서 승리했다. 즉 나도 충분히 살림 잘하고 주위 정리도 잘 하며 단정한 사람이 되었다.

사실 나도 남들보다 잘 하는 게 있긴 했다. 즉 사람을 잘 본다. 일종의 통찰력 내지는 육감이다. 그래서 웬만한 사기꾼은 내 눈에 다 보인다. 반대로 착하거나 지적인 사람도 다 들여다보인다. 텔레비전 프로그램 중에 고민 들어주는 프로그램이 있다. 거기에 SNS에 빠진 엄마와 사춘기 딸과의 이야기가 나왔다. 그런데 내 눈엔 그 엄마가 허영심이 있거나 머리가 비어 보이지 않았다. 번듯한 직업이 있을 것 같고 오히려 지적으로 보였다. 반면 남편과 우리 아이들은 막 욕을 했다. "어쩌면 저런 엄마가 다 있냐?" "완전 허세다, 허세." 그런데 마지막에 반전이 나왔다. 명문대 출신의 치과의사였던 것이다. 다 설정인 듯했다.

나는 또 남들이 살림을 열심히 할 때 관상이나 손금에 관심이 많았다. 그래서 그쪽 공부를 했는데 재미로 이 사람 저 사람 보아 주다가 지금까지 3000명 가량 보아 준 것 같다. 그리고 어느 순간부터 나만의 통계가 생겨나기 시작했다. 다들 기가 막히게 맞는다고 했다. 그러다 보니 으쓱해져서 더욱 열심히 보게 되었다. 그런 공부는 진입 장벽이 높은 편이다. 쉽게 알려고 하지도 않고 정답도 없다. 게다가 꿈보다 해몽이 중요하므로 말로 표현하는 능력도 중요하다. 사람들과 수다 떠는 걸 즐기는 나는 그 쪽으로 아주 최적화되어 있는 셈이다. 그래서 그걸로 잔잔한 유명세를 타기도 했다.

다들 묻는다. 어떻게 배웠느냐고 말이다. 나는 금방 대답할 수 있다. 남들은 반짝 반짝하게 접시를 닦을 때 나는 대충 사 먹고 사람들을 많이 만났다. 다들 한 회사에 다닐 때 나는 여러 군데 전전하고 직업도 여러 번 바꾸었다. 그리고 그런 경험들이 사람을 보는 데 도움이 된다고 말이다. 그리고 무엇보다 손금은 종합적으로 판단해서 해설해주는 게 중요하다. 손금 해설에서 가장 필요한 것이 직관력과 통찰력이다. 직관력은 경험, 통찰력은 주로 독서에서 온다. 반대로 통찰력을 기르는데 가장 방해가 되는 것이 텔레비전이라고 생각한다. 텔레비전은 빠른 정보 전달에는 효과적이지만, 시청자가 판단하기도 전에 먼저 판단을 해서 결과를 보여준다. 때론 의도가 너무 뻔해 보이는 편향된 것도 있고, 광고주의 의도가 철저히 반영된 것들이 많다. 이래저래 공정하고 진실한 정보를 얻기는 힘들다.

사람 보는 법에 관해 공부를 하고 관련 정보를 수집해보아라. 그리고 실제로 써 먹어 보아라. 아마 써먹을 때가 많을 것이다. 그리고 젊었을 때 고생은 사서라도 해서 경험의 폭을

넓혀야 한다. 그러면 사람을 많이 만나게 되면서 상처도 받고 사랑도 받는다. 그러면서 다양한 인간사를 공부하게 된다. 이 세상에서 사람만큼 흥미로운 주제가 또 있을까? 충분히 공부해볼 만한 가치가 있지 않을까?

사람 보는 법을 공부하는 것에 대해 인색한 사람들의 결과는 여러 가지로 나타난다. 가장 흔한 것이 이혼이다. 잘 못된 이성에 대한 판단의 결과이다. 또 사업을 할 때 손해를 보거나 남에게 쉽게 마음을 털어놓고 상처를 받는다. 직원을 뽑을 땐 어떤가? 직원 한 명만 잘 못 뽑아

도 사장은 속이 터진다.

상해에 살 땐 입주 도우미를 잘 선택하는 것이 한국 주부들 사이에서는 큰 이슈였다. 잘 못 뽑은 도우미 때문에 도둑을 맞거나 요리를 너무 못 한다거나 했다. 나는 다행히 그런 부분에 있어서 실패가 적었다. 직원도 대부분 좋았고 도우미들도 요리면 요리, 아이들 돌보는 일도 믿음직스럽게 척척 해냈다.

나는 심지어 밥을 먹을 때는 식당 관상을 본다. 식당 간판을 보면 맛이 있을지 없을지 대강 짐작이 간다. 그런데 이 모든 것들은 평소 자잘한 단서들을 관찰하는 습관에서 생기는 능력이다. 예를 들어 식당의 경우 식당 앞에 차들이 얼마나 늘어서 있는지, 간판과 출입문은 깨끗하게 관리하는지, 안에 손님이 많이 있는지 밖에서 다 보인다.

사람도 마찬가지다. 아무리 감추려 해도 사람 얼굴만큼 정직한 게 없다. 모든 정보가 얼굴에 그대로 드러난다. 물론 그걸 알아보려면 많은 공부가 필요하다. 그런데 다른 어떤 공부보다 유용하다. '사람 보는 법'은 반드시 공부해야 한다.

03

작은 인연이라도 소중히 생각하라

"모든 운은 사람에게서 온다. 사업을 해서 돈을 잘 버는 사람도
결국은 고객 관리나 직원 관리에 성공한 사람들이다.
결혼에 있어서 배우자 복은 말할 필요도 없다.
사소한 만남도 중요하게 여기고 모든 사람을 존중해야 한다."

중국 동부지방에 모소라는 대나무가 있다.
그 희귀 대나무는 농부들이 씨를 뿌리고 열심히 가꾸어도 4년간 겨우
3센티미터만 자란다. 그러다가 5년째 되는 날부터 하루에 15센티미터
씩 자라서는 6주 만에 울창한 대나무 숲을 이룬다. 그렇다고 4년간 그
대나무가 잠만 잔 건 아니다. 눈에 보이지 않는 땅 속에서 깊고 넓은
뿌리를 얼키설키 내리고 있었던 것이다. 좀 더디 자라더라도 나무들
간에 얼키설키 엮여서 강력하게 서로를 지탱한다.

이때 잔뿌리의 역할이 특히 중요하다. 만약 키가 큰 대나무가 큰 뿌
리만 있다면 금방 뽑힐 것이다. 큰 뿌리는 옆으로 자라지 않고 직선으
로 자란다. 그리고 수직방향은 중력에 있어 취약하다. 파뿌리는 금세
뿌리를 내리고 잎이 쑥쑥 자라지만 한 손에 뽑혀 버린다. 하지만 민들

레는 가로로 넓게 잔뿌리가 얽혀 있어 쉽게 뽑히지 않는다. 중력에 거슬러 힘을 분산시키는 것이다. 이 대나무의 뿌리들은 마치 얼키설키 엮인 인간관계와 같다.

우리는 매일 다양한 사람들을 만난다. 사람들과의 관계 중 소홀히 해도 되는 것이 있을까? 그러면 마치 금세 뽑혀버리는 파와 같은 신세가 될 것이다. 늘 받으려고만 하는 사람이 있다. 남의 뿌리에 기대어 살려는 사람이다. 일이 잘 안 풀릴 때 사람들이 하는 말이 있다.

"나는 인복이 참 지지리도 없지, 남들은 남편 잘 만나 떵떵거리고 사는데 나만 궁상이야." 또는 "우리 회사 김 대리가 이번에 장가간대. 그런데 여자집이 수백억 자산가 집안이래. 그 놈 참 복도 많지." 아니면, "나는 왜 가난한 부모를 만나 이리 고생일까?" 하면서 투덜댄다.

이렇게 인복타령, 운 타령 하는 사람에게 묻고 싶다. 본인은 정작 남에게 인복이 되어 주는 입장인가? 아니면 복을 깎아 먹는 사람인가? 만약 결혼했는데 돈도 많고 살림까지 도와주는 남편을 만났다 치자. 그럼 남편 입장에선 돈도 없고 살림도 못 하는 여자를 만난 지지리 복도 없는 남자인 것이다. 복이 없는 남자랑 사는 여자는 과연 복이 있다고 말할 수가 있을까?

돈이나 배경이 없는 부모를 만났다며 공부를 포기하고 사는 자식이 있다고 생각해보자. 그런 부모는 가난을 벗어나기 위해 공부를 열심히 하는 학생의 부모에 비해서 자식 복이 없는 셈이다. 복은 서로 주고받는 것이다. 부정적인 생각은 복이 오다가도 돌아가게 만들 것이다. 모든 운은 사람에게서 온다. 사업을 해서 돈을 잘 버는 사람도 결국은 고객 관리나 직원 관리에 성공한 사람들이다. 결혼에 있어서 배우자 복은 말할 필요도 없다. 사소한 만남도 중요하게 여기고 모든 사람을 존중해야 한다.

혼자만 빨리 가려고 하다가 장애물을 만나면 쉽게 좌절하고 멈추는 일이 많다. 비바람에 맞서는 근육을 키우지 못 했기 때문이다. 나만 1등, 나만 뛰어나고 싶은 조급증은 근육을 키울 여유를 주지 않는다. 1등부터 꼴등까지 서열을 세우는 우리나라 문화가 이런 조급증을 키운 것이다. 반대로 주위 사람들과 천천히 함께 가면 더딘 것 같아도 나중에 큰 힘이 된다. 내가 달리다가 쓰러졌을 때 아무도 일으켜주지 않는다고 생각해보라. 얼마나 외롭겠는가? 한자로 사람 '인' 자도 서로를 지탱하는 모양을 하고 있지 않은가.

그런 힘을 잘 알고 그로 인해 잘 살아가는 사람들이 있다. 지인의 남편의 경우다. 그는 억대 연봉을 받는 회사 임원인데 회사에서나 가정에서 모범적인 사람이다. 지인은 남편을 보면 진심으로 존경하는 마음이 우러난다고 했다. 회사에서는 능력이 뛰어나서 특진을 여러 번 했을 정도다. 또 주위 사람들에게 평소 덕담을 많이 해서 오죽하면 후배 사원들이 그의 '어록'을 만들어서 적는다고 한다. 또 그를 시기하는 사람이 없다. 초특급 승진으로 인해 그의 상사보다 직급이 더 높아졌는데도 트러블 없이 잘 지낸다.

모두 그의 인품 덕분이다. 지인은 남편을 따르는 사람이 워낙 많아서 집들이를 여러 번 하느라 힘들었다고 한다. 집들이에 온 회사 동료들은 하나같이 입을 모아서 그의 인품에 대해 칭찬을 했다고 한다. 회사에서 누구라도 어려움이 생기면 그를 찾아가서 해결한다고 했다. 그가 사람들의 존경과 사랑을 받는 데는 이유가 있었다. 그는 부인에게 평소 하는 말 중 가장 많은 게 사람에 대한 예의라고 한다. 특히 어렵게 사시는 분들에 대한 예우를 특별히 강조한단다. 그 분들은 누군가의 아버지, 어머니라면서 말이다.

얼마 전 경비원실 에어컨 설치 문제로 주민들이 반대하는 글을 아파트에 써 붙여 놓은 것을 뉴스로 보았다. 너무 화가 났다. 평소 경비실에 들르면 느끼는 것이 좁고 답답하다는 것이었다. 좁은 경비실에서 하루 종일 일하다 보면 땀이 비가 오듯 흐를 텐데 말이다. 그런데 한 가정 당 몇 백 원 정도 내는 것도 아까워서 에어컨 설치를 반대한다니 말이 안 된다. 또 그에 상대적으로 반박한 글이 있어서 매우 공감이 되었다. 경비원들이 주민들 중 누군가의 가족일 수도 있다는 글이었다.

어렵게 일하시는 분들을 뵐 때마다 느끼는 것이 있다. 우리는 그 분들에 대한 인사에 너무 인색하다는 것이다. 지위가 높은 사람들에게는 인사를 잘 하면서 말이다. 경비실을 지나칠 때마다 마트에서 물건을 살 때마다 그 분들께 상냥하게 인사하는 건 어떨까? 마트에서 하루 종일 서서 일하시는 분은 누군가의 어머니이다. 눈인사라도 가볍게 한다면 하루 종일 서 있어도 피로가 쌓이지 않을 것이다.

얼마 전 유투브에 올라온 동영상이 화제가 되었다. 초등학교 운동회 달리기에서 건강한 아이들이 신체장애를 가진 아이와 함께 손을 붙잡고 천천히 달리는 장면이다. 장애를 가진 학생이 운동회에서 꼴찌를 할 것이 걱정이 되어 아이들이 먼저 제안했다고 한다. 우리는 그동안 꼴찌들에게 관심을 갖지 않았었다. 늘 1등에게만 관심이 집중되었던 것이다.

그 동영상을 보고 많은 어른들이 양심에 가책을 느꼈다. 어린 아이들 눈에도 경쟁만 하는 어른들의 세계가 나쁘게 보였나 보다. 특히 올림픽 경기 때 우리나라 사람들은 금메달에만 환호하는 경향이 있다. 은메달, 동메달도 자랑스러운 것이다. 다른 나라에는 아예 메달 순위 자체가 없다고 한다.

우리는 근대사회 들어서 보이는 성장에 집착한 나머지 뿌리를 제대로 키우지 못했다. 서둘러서 열매만 따려고 한 게 아닌가 한다. 우리나라가 진짜 선진국에 안착하려면 이전과는 다른 방식의 성공프레임이 필요하다. 바로 '같이 행복한 사회'이다. 그 뿌리를 이제는 제대로 내려야 한다. 큰 뿌리, 잔뿌리들이 탄탄하게 얽혀 있는 사회, 서로 지탱하면서 도움을 주는 사회, 그런 사회가 되었으면 좋겠다. 정작 나를 위해서도 그렇다. 내가 작은 비바람에도 금 새 뽑히지 않으려면 말이다.

04

건강관리는 좋은 인상을 만드는 첫걸음이다

"건강을 잃으면 다 잃은 것이라는 말이 있다.
건강을 관리하는 것은 단순히 여러 가지 인생의 문제 중 하나를 관리하는 게 아니다.
어쩌면 좋은 운을 불러들이는 첫 걸음일 수 있다.
몸이 건강해야?좋은 운을 불러들인다."

오래 전부터 알고 지내던 후배를 만났다. 서로가 바쁘다 보니 거의 5년 만에 본 것 같다. 후배를 보자마자 너무 놀랐다. 몰라볼 정도로 안색이 나빠져서다. 몇 년 전까지만 해도 무척 예쁘고 동안이었던 후배였다. 그 후배 얼굴이 달라진 데는 이유가 있었다. 얼마 전부터 몸이 여기저기 아파서 병원에 갔더니 처음엔 이유를 모르더란다.

이곳저곳 병원을 순례하다가 나중에 병명을 알아냈는데 '류머티스 관절염'이라고 한다. 그 병은 살이 빠지기도 하지만 기력도 없고 짜증이 잘 난다고 했다. 그러니 늘 찡그리고 결국은 우울증까지 와서 잠도 못 이룬다고 했다. 이러 저런 이유로 나이가 10년은 더 들어보였는데 무엇보다 의욕이 없어 보였다.

게다가 다니던 직장도 그만 두고 집에 있다 보니 우울증이 심해졌다. 악순환이 계속 반복되다보니 이제는 어디서부터 해결해야 할지 모르겠단다. 악운은 악운을 몰고 오는지 남편마저 건강이 나빠졌다. 그런 몸을 이끌고 직장에 나가는 남편에게 미안하기도 하지만 아이가 둘이나 되고 아직 어려서 어쩔 수 없는 상황이란다.

어쩜 이렇게 악운이 연이어 오는지 참 안쓰러웠다. 젊을 때만 해도 잘 사는 집 외동딸에 남부러울 것 없던 후배였는데 말이다. 사람들이 쉽게 접근하지 못할 고급스러움을 가진 후배였다. 이런 후배가 고난을 당하니 이겨낼 힘이 없는 듯했다. 나는 그 후배를 지켜보면서 건강 하나가 무너지면서 얼마나 많은 불운이 줄줄이 따라오는지 생생히 보았다. 건강한 신체에 건강한 정신이 깃든다는 말이 와 닿는 상황이다.

그 악순환의 시초는 후배의 관절염이었다. 그 관절염이 출산 후 심해졌고 아이를 돌보기 힘들어 시부모님과 살게 되었다. 그런데 시부모님은 며느리가 매일 아프다고 손 하나 까딱 하지 않는 게 밉상이었다. 게다가 남편과 시부모님은 날이 갈수록 자기만 빼고 한패가 되어가는 분위기였다. 그러니 후배는 심각한 우울증에 공황장애까지 겹쳤다.

남편은 남편대로 스트레스가 심했다. 그래서 매일 술만 마시더니 건강이 악화되었다. 이런 분위기에서 태어난 아기는 어떨까? 이 아기는 다른 아기들보다 발달정도가 늦더니 결국은 4살 무렵 유사자폐 진단을 받았다. 이런 악순환을 바라보면서 참 안타까웠다. 이 모든 게 후배의 건강문제에서 비롯된 게 아닐까 해서 말이다.

예전에 쪽방 촌 어르신들을 위해 봉사를 한 적이 있다. 그때 10억 이상 자산가였다던 60대 남자분이 떠오른다. 그 분 말씀이 자기는 사업이 실패하면서 건강이 악화되었다고 한다. 그래서 결국 일을 못하게 되고 재기가 불가능해졌다. 가족이 뿔뿔이 흩어지고 혼자 노숙자 생활을 하다가 쪽방촌에 오게 되었다고 한다. 참 안타까웠다.

사업을 하면서 실패를 겪는 일은 매우 흔하다. 문제는 어떻게 극복하는가? 인데 건강이 무너지면 신체적으로도 힘들고 자신감이 사라져 정신적인 문제까지 생긴다. '건강한 육체에 건전한 정신이 깃든' 는 말이 맞는 것 같다. 건강하지 못하면 '기가 약해진다' 거나 '기가 빠진다' 고 표현한다. 기가 빠진다는 건 무엇일까? 무언가 빠지면 그 자리에 다른 것이 채워질 것이다. 그 다른 것이 나쁜 기가 아닐까?

실제로 기에 대해 말을 하는 사람을 본 적이 있다. 몇 년 전 캠핑을 갔다. 그 캠핑장은 산 속 깊은 곳에 있었는데 자연경관을 그대로 느낄 수 있어서 캠핑 마니아들에게 인기가 많았다. 그 산 속에서도 제일 높은 곳에는 살림을 하는 분들이 몇 분 있었는데 대부분 혼자 살았다. 다들 산속 깊은 곳에 혼자 산다는 점이 도사 같은 분위기를 풍기고 있었다.

그중에는 여자 분도 있었다. 나이는 60정도 되었는데 그 분의 지인이 놀러왔다가 차가 도랑에 빠진 걸 우리가 도와주다가 친해졌다. 그 분은 알고 보니 우리나라 유명 연예인들과도 친분이 많은데 요리도 하고 시도 쓰고 그림도 그리는 예술가였다. 특히 한류스타인 모 남자배우가 이 음식점을 자주 와서 일본 책에도 실렸다. 그 남자배우의 일본 팬들은 한국 오면 여기를 꼭 들러서 이것저것 물어본다.

그 여자 분 말이 산꼭대기에서 캠핑장을 내려다보면 사람들의 기가 그 위까지 전달된단다. 그리고 유난히 맑은 기가 흐르는 곳을 따라가 보면 인상이 좋은 사람들이 텐트 속에 있단다. 그분 말씀이 좋은 기가 흐르게 하려면 첫째도, 둘째도 건강이란다. 자긴 건강이 안 좋은 사람이 옆에 있으면 머리가 아프거나 나쁜 냄새가 느껴진다고 했다. 그래서 한 번은 어떤 지인보고 암 검사를 해보라고 했단다. 그런데 그 말을 무시하더니 얼마 후 대장암 말기로 세상을 떠났다고 한다.

어떻게 냄새나 느낌으로 병을 느꼈는지는 모르겠다. 짐작컨대 늘 맑은 공기와 맑은 물, 건강한 음식을 먹고 스트레스 없이 청정생활을 해서인 것 같다. 그로 인해 원초적인 감각들이 살아나는 게 아닌가 한다. 반대로 공해와 스트레스로 후각, 육감 등 감각이 죽으면 병세를 알아차리는 게 힘들고 결국은 회복할 수 없는 것이다. 우리는 감기만 걸려도 후각 미각을 잃는다. 감각이 전체적으로 약해지는 것이다.

나는 젊은 시절에 지나치게 야근과 밤샘을 많이 해서 건강을 챙기지 못했었다. 늘 위장병이나 피부병 등을 달고 살았다. 위장병이 있으니 속이 쓰려서 늘 미간을 찌푸리고 다녔다. 그러자 미간에 세로줄이 굵게 자리 잡기 시작했다. 하루는 오랜만에 만난 친구가 왜 그렇게 인상을 쓰고 다니느냐고 하면서 미간의 주름은 되도록 없애야 한다고 했다. 팔자가 안 좋아진다고 말이다. 그 뒤로 열심히 건강을 챙기고, 의식적으로 표정 관리를 한 결과 미간의 주름이 많이 옅어졌다.

나는 손금도 일종의 주름이라 생각한다. 건강한 사람들은 건강 선이 잘 발달되어 있다. 아령 같은 기구들을 잡고 운동을 하다보면 주먹을 쥔 상태가 되고, 그러면 엄지쪽 손바닥이 단단하고 불룩해진다. 건강을 나타내는 선이 그 부분을 따라 선명하고 굵어지는 것이다. 반대로 운동을 전혀 하지 않고 속을 자주 끓이는 성격은 손금의 연결성이 약하고 힘이 없다. 결과적으로 잔금이 많이 생기고 건강 선이 흐려진다. 살아온 결과에 의해 만들어진다는 점이 얼굴의 주름과 같은 것이다.

'건강을 잃으면 다 잃은 것' 이라는 말이 있다. 건강을 관리하는 것은 단순히 여러 가지 인생의 문제 중 하나를 관리하는 게 아니다. 어쩌면 좋은 운을 불러들이는 첫 걸음일 수 있다. 몸이 건강해야 좋은 운을 불러들인다. 좋은 운의 결과는 피부상태, 표정, 혈색 등으로 정직하게

드러난다. 그리고 인상으로 굳어지는 것이다. 좋은 인상을 만드는 첫

번째 비결, 바로 건강을 관리해야 하는 이유다.

05

지나친 완벽주의를 경계하라

"완벽주의를 추구하는 사람들을 가끔 본다.
대부분 깔끔하게 하고 다니고 시간 약속도 철저히 지킨다.
그런데 본인이 완벽한 것에 그치지 않고 상대방에게도 완벽함을 요구하면 문제가 생긴다.
완벽함이 주는 부담감은 사람을 병들게 한다."

요즘 집밥이라는 말이 많이 거론된다. 그 말을 주도한 백종원 씨가 진행하는 요리 프로그램은 남자들을 부엌으로 불러들이는 역할을 톡톡히 하고 있다. 우리 남편은 백종원 씨가 알려주는 레시피는 믿을 만하다고 한다. 수많은 요리 프로그램 중에 유독 그가 진행하는 프로그램이 돋보이는 이유는 뭘까? 오히려 유명 요리학원 출신이 아닌, 그의 편안한 분위기가 한 몫 하지 않았을까? 싶다.

그의 낙천성은 결벽한 건강식이나 고급진 요리를 해내지 못하는 평범한 사람들에게 위로가 된다. 집에 있는 재료로 만드는데, 고급져 보이고 쉽기까지 하다. 음식 간을 못 맞출 때도 있다. 그는 그걸 또 웃음으로 승화시킨다. 즉, 그의 실수도 시청자들에겐 행복이 된다. "저렇게 유명해도 항상 잘하는 건 아니네 뭐." 하고는 부인들이 턱을 치켜들게 해주는 것이다. 미국에 사는 지인은 '백종원 표 김치찌개' 레시피를 그대로 따라했다가 남편에게 처음으로 칭찬을 들었다고 했다.

어려운 레시피는 보기만 해도 머리가 아프다. 시중에 팔지 않는 특이한 소스, 향신료 등도 마뜩찮고, 한번 해먹자고 한 통을 사게 되면 배보다 배꼽이 더 크다. 무엇보다 수학 공식 같은 재료 계량법이 문제다. 간장 1T, 설탕 2t 등등 나오다가 분수가 나오고 급기야 대분수가 나온다. 그러니 초보 주부가 손님상을 차릴 땐 계산기가 필요하다.

신혼 때 집들이가 생각난다. 그때 열두 명이 온 것 같은데, 잡채, LA 갈비, 탕수육 등 손이 많이 가는 음식들을 준비했다. 그런데 장 보는 일이 만만치 않았다. 고기 양념에 들어갈 마늘부터 배 등 양을 일일이 계산해서 장을 보았다. 직접 요리할 때도 스푼으로 일일이 계량하는 게 보통 어려운 일이 아니었다.

힘들게 요리를 해낸 나는 놀러 온 신랑 친구들에게 엄살을 심하게 피웠다.

"이 갈비양념 계량하는데 수학공식이 다 필요하더라고요. 얼마나 골치 아프던지."

그러자 한 친구가 하는 말, "우리 엄마는 계량컵 그런 거 없이 해요. 김치 담글 때도 설탕 가져오라고 해서 한 바퀴 휘휘 돌리면 끝이고, 잡채 같은 걸 무칠 때도 간장 같은 것은 수저도 없이 병째 대충 부어서 하더라고요. 그래도 맛있던데."

나는 온갖 계량컵, 계량스푼, 저울을 동원해서 음식을 만들곤 했지만, 정작 음식 맛은 뭔가 빠진 느낌이 들었는데 말이다. 물론 지금은 수학계산 같은 것도 안 하고 계량도구도 안 쓰지만 별미 요리할 때 레시피를 보게 되면 또 골치가 아파진다. 그런 복잡함이 모처럼 특별한 요리에 도전하는 걸 방해한다. 그래서 그런 장벽을 낮춰준 집밥 백 선생이 고마울 뿐이다. 덕분에 비싼 두반장 소스가 집에 없더라도 된장과 고추장을 넣어서 대충 믹스하면 그 맛이 난다는 걸 알게 되었다.

살림에의 장벽을 많이 낮춰야 한다. 나처럼 평생을 살림이라는 세계에서 왕따를 당하는 기분으로 살게 하지는 말자. 간단한 요리 공식이 많이 나오면 좋겠다. 우리나라 음식은 손이 많이 간다. 그걸 계량화해서 요리순서까지 복잡하게 풀어놓으면 보기만 해도 골치가 아프다. 의사들이 진료 차트에다가 어려운 의학 용어를 잔뜩 써놓은 것과 같다. 그걸 과감히 깨 주고 있는 집밥 백 선생이 고맙다.

나는 각 분야에서 성공한 사람들의 얼굴을 자세히 살피는 습관이 있다. 백종원의 얼굴은 눈매가 달처럼 구부러지고 입술은 항상 웃는 상이다. 즉, 눈과 입의 연장선이 원을 그리는 형태다. 반대로 인상이 나쁜 사람들, 예를 들어 성추행 범이나 조폭들을 보면 입과 눈의 연장선이 엑스 자를 그린다. 눈 꼬리는 위로 치켜뜨고 있고 입은 양 끝이 아래를 향한다. 그 표정은 불만족스럽고 화가 난 표정이다. 그런데 백종원 씨의 표정은 늘 웃는 것 같은 푸근하고 좋은 이미지이다. 무엇보다도 그가 잘 되는 이유는 그의 '낙천성' 같다. 레시피에 있어서 완벽주의를 추구하고 깐깐하게 구는 셰프들을 본다. 본인들은 요리에 예술성을 더한다고 할지 모르지만 일반인들은 괴롭다.

완벽함이 주는 부담감은 사람을 병들게 한다. 예전에 로버트 레드포드가 감독과 주연을 겸한 영화가 떠오른다. 〈보통사람들〉이라는 영화이다. 아주 어렸을 때 주말의 명화로 본 것인데 일찌감치 완벽주의를 경계하는데 도움을 주었다. 내용은 단순하다. 주인공 부부가 사고로 아들을 잃고 우울하게 살아가는 내용이다. 그런데 그 엄마는 지나치게 엄격하고 완벽하다. 아들의 장례식 날이다. 그날 부인은 남편의 상복에 어울리는 넥타이를 고르느라 심혈을 기울인다. 남편은 부인의 태도가 이해가 가질 않는다.

부인의 깐깐한 태도는 계속된다. 아들이 밥맛이 없다며 프렌치토스트를 안 먹으니 아들 눈앞에서 식품 처리기에 갈아버린다. 이 토스트는 식으면 못 먹는다면서 말이다. 가족들은 이런 태도에 크게 상처받는다. 숨 막히는 부인의 태도 때문에 자꾸 부부 사이에 문제가 생기는데, 주변 사람들은 남편을 이해하지 못 한다. 똑똑하고 자기 처신을 잘

하는 부인에 대해 평이 좋기 때문이다. 시누이가 올케 편을 들어주면서 그런 말을 한다. "세상에 이런 완벽한 여자가 어디 있는 줄 아느냐"고 말이다.

그 말은 역설적이다. 너무 완벽해서 문제인 것이다. 가끔씩 보는 사람들에게는 완벽한 모습이 멋있어 보인다. 하지만 가족은 다르다. 가정은 마음 편히 쉴 수 있는 곳이어야 하고, 부족한 부분을 메워 줄 수 있어야 한다. 그런데 완벽한 엄마나 부인이 매사에 실수를 용납하지 않으면 어떻게 될까? 숨이 막힐 것이다. 완벽주의를 추구하는 사람들을 가끔 본다. 대부분 깔끔하게 하고 다니고 시간 약속도 철저히 지킨다. 그런데 본인이 완벽한 것에 그치지 않고 상대방에게도 완벽함을 요구하면 문제가 생긴다.

남편은 요즘 요리를 좋아한다. 원래부터 그런 건 아니었다. 백종원의 요리 프로그램을 유심히 보던 남편이 요리에 흥미를 갖게 되었고, 어느 순간부터는 중국식 팬을 사 오는 등 셰프 흉내를 내고 있다. 덕분에 우리 가족은 같은 메뉴를 보통 세 번씩 계속 먹어야 한다. 남편은 그 정도 해봐야 좋은 맛이 나온다고 한다. 하지만 나는 백종원 씨에게 감사편지라도 쓰고 싶다. 우리 남편이 삼식이(부인에게 하루 세 끼 해달라는 남편이 미워서 부르는 말)가 되지 않고 오히려 내가 삼숙이가 되게 해준 덕분이다.

사실 오늘 저녁 남편이 해준 닭봉 조림은 너무 짜다. 그런데 나는 맛있다고 말한다. 사실대로 말하면 남편이 다시는 부엌에 들어가지 않을 것이기 때문이다. 그러면 나만 손해다. 뭐든 편안하고 넉넉한 삶, 그 안에 여유가 들어서고 비로소 행복이 찾아오는 것 같다. 지나치게 완벽해야만 행복하다는 말보다는 안심이 되는 말 아닌가?

06

나는 항상 운이 참 좋은 사람이라고 생각하라

"나는 노력으로 좋은 인상을 가지게 된 덕분인지,
사업을 시작했을 때 주위의 도움을 많이 받을 수 있었다.
사업을 하는 동안 많은 어려움을 겪었지만 사업이 힘들었을 때도
나는 항상 '나는 운이 참 좋다' 라고 생각했다."

나는 인간관계에 있어서 내 인상에 도움이
되는 행동을 하려고 항상 노력해왔다. 그 결과로 좋은 인상을 가지게
된 덕분인지, 사업을 시작했을 때 주위의 도움을 많이 받을 수 있었다.
사업을 하는 동안 많은 어려움을 겪었지만 어떠한 상황도 해석하기 나
름인 것 같다. 즉, 일이 안 될 때도 운이 좋다고 느낄 수가 있다는 것이
다. 값진 경험과 추억은 남기 때문이다. 어떤 경우에도 잃기만 한 건
아니었다. 남들은 이해하지 못하겠지만 사업이 힘들었을 때도 나는 항
상 '나는 운이 참 좋다' 라고 생각했다.

2005년 나는 사업을 하기 위해 남편과 아이들과 함께 상해에 갔다.
처음엔 불안한 마음으로 떠난 이민이었지만, 가자마다 많은 사람들이

나에게 도움을 주었다. 상해 교민지에 내 얼굴이 실리기도 했다. 상해에서 가장 유명한 교민잡지였다. 창간 7주년 기념행사로 'face of ceo'라는 난에 인사말 등과 함께 잘 나가는 사장들 얼굴을 싣는 것이었다.

참 신기했다. 나는 그 당시 상해에 간 지 두 달 여밖에 안 되었고, 그동안 알려진 사장들만 실렸기 때문이다. 그래서 나를 어떻게 알았고 왜 나를 선정했느냐고 물었다. 그랬더니 사장님께서는 "인상이 참 좋으시고 사업을 잘 하실 것 같아서"라고 하셨다. 사업은 사람 관리가 중요한데 인상이 좋으시니 다들 잘 해줄 거라고 말이다.

인상 하나 보고 그런 연락이 오다니 신기했다. 얼굴이 잡지에 실리니 그 후로 여기저기서 나를 알아보았다. 어디선가 본 적이 있다는 말들을 했다. 그리고 내 젊은 날의 상처를 보상 받는 일이 일어났다. 하루는 상해에서 잘 한다고 소문이 난 마사지실을 갔다. 그런데 그곳 사장님이 나를 보자마자 어디서 많이 봤다고 하시면서 교민잡지에서 본 걸 기억해내셨다. 그리고 한 마디 덧붙이셨다. "직업상 사람 얼굴만 보고 살았거든요. 딱 보면 어떤 사람인지 알아요. 잡지에서 얼굴을 보니 성격이 참 편안한 분 같더라고요. 사업도 잘 하실 것 같아요."

잡지사 사장님 말씀대로 사업은 날로 번창했다. 우리 회사는 상해에 가지고 간 짐들도 정리되지 않은 첫 달, 8억짜리 공사를 계약했다. 당시 상해는 세계 경제의 허브가 되어가고 있었고 줄줄이 한국 업체들이 진출해왔다. 그리고 많은 회사들이 디자인을 잘 한다는 소문을 듣고 우리 회사를 찾아왔다. 그리고 지사를 설립한다면서 먼저 사무실 공사를 의뢰했다. 그 후 전자회사, 타이어회사, 유명 빵집, 유명 의류브랜드 등 헤아릴 수 없이 많은 회사들이 우리 회사에 공사를 의뢰하기 시작했다.

그 중 큰 규모로는 상해 위성도시에 시공한 한국식 선 분양 아파트 공사가 있다. 1기만 3천 세대 정도 분양을 한 공사인데 분양 사무실, 모델 하우스, 평면 설계, 광고 시안, 외부 설계 등을 우리가 하게 되었다. 우리 회사의 인지도는 날로 올라가고 있었다. 어떤 때는 공사가 너무 많이 밀려들어와 거절하기 바빴다. 그러다 보니 콧대가 높아졌다는 말도 듣고 오해를 사기도 했다. 여자가 사업을 하니 공사를 잘 딴다는 묘한 분위기의 말을 듣기도 했다.

사업에는 항상 위기가 있다. 2008년 여름 어느 순간부터 거래처 직원들의 분위기가 심상치 않았다. 전에 보이던 주재원들이 하나 둘 한국으로 돌아가는 게 눈에 보였다. 급기야 어느 순간부터 업체로부터 공사비 지급이 끊겼다. 자금이 없으니 현장이 잘 돌아가지 않았다. 그 때부터 나는 머리가 한 웅큼씩 빠지고 목소리가 안 나올 정도로 목이 붓기도 했다.

어느 순간부터 회사 자금이 어려워지면서 세금이 3천만 원 가까이 밀렸다. 그러면 업체들에게 수표를 끊어 줄 수가 없다. 하루는 그렇게 도도하다는 상해 세무국을 찾아갔다. 우리 회사 담당 세무과장을 만났는데 다행히 인상이 좋아보였다. 처음엔 조선족 직원이 옆에서 통역을 하기 시작했는데 진심이 전달되지 않는 것 같았다. 그래서 내가 중국어로 직접 말을 하기 시작했다. 내용은 이랬다.

"우리 회사가 상해 온 지 4년이 다 되어간다. 처음엔 남의 나라라서 두렵고 힘들었다. 그런데 지금은 직원들도 많고 안정이 되었다. 그런데 한국 원화가 많이 떨어지지 않았냐? 그래서 한국에서 돈이 늦게 오고 있다. 아마 원화가치가 오를 때를 기다리는 것 같다. 그런데 수표를 발행해야 공사를 할 수 있고 그래야 돈을 벌어서 세금을 갚는다." 쓸데 없는 말도 했다. 그 때 세무과장의 이름표를 보니 허 씨 성이었다. 그래서 내가 그랬다. 나도 당신도 허 씨 성이니 우리는 조상이 같을지도 모른다, 우리는 형제라고 말이다.

말도 안 되는 말을 하긴 했으나 나름대로 진심이 통한 모양이었다. 세무과장이 다 듣고 나서 그랬다. "지금까지 세금 밀린 회사가 많았다. 그런데 외국인 사장이 직접 찾아와서 통역도 없이 혼자 이야기한 경우는 처음이다. 중국 세금에는 할부라는 제도가 없지만 사장님 인상이 신뢰가 가서 해주겠다." 나는 그렇게 세금을 6개월 할부로 내는 조건의 각서를 써 주고 나서야 수표를 다시 발행할 수 있었다. 그 때 곁에서 모든 걸 지켜 본 조선족 직원이 혀를 내둘렀다. "어쩌면 사장님이 중국말을 그렇게 이상하게 해도 다 알아들을까요?"

지금 생각해보면 중국인 세무과장은 내가 발음도 형편없고 성조, 문법이 맞지 않는 데도 다 알아들은 척 한 것 같다. 내 중국어가 유창하지 않아서 더 짠했는지도 모르겠다. 진심을 보여주니 감동한 것이다. 그 후 나는 약속대로 6개월 만에 다 갚음으로서 나를 믿은 데 대한 보답을 했다. 그리고 그 일화를 사람들에게 말 해주면 중국 실정을 아는 사람들이 무척이나 놀라는 것이었다. 다들 그런 경우는 처음 보았다고 했다.

나는 이렇게 중국에서 사업을 하면서 사람들의 도움을 많이 받았다. 결과적으로는 사업을 접고 한국으로 돌아왔지만, 중국 사람들과의 감동 스토리가 너무 많다. 그래서 그런지 그 3년 반의 시간들이 참 소중하고 아름답게 느껴진다. 가장 자주 떠오르는 장면은 직원들과 "하하 호호" 거리면서 배드민턴을 치던 장면이다. 나는 직원들 복지에 신경을 많이 썼다. 야근비는 노동법에 따라 다 챙겨주고 세 끼니에 간식, 야식까지 주었다. 그리고 사무실 청소와 밥을 해주는 아주머니도 고용했다.

우리 회사 직원들은 회사가 문을 닫을 때까지 초창기 멤버들이 거의 그대로 있었다. 한국에 돌아올 땐 그들과 정이 들어 헤어지기 힘들 정도였다. 요즘도 그 이름들을 자주 되뇌어 본다. 공인반장들과 직원들 이름을 말이다. 한국인들이 중국인들이나 조선족들에 대해 부정적으로 말할 때마다 나는 그랬다. 다 그렇지는 않다고 말이다. 그들이 무뚝뚝하고 금전적인 부분이 냉정해보이기는 하지만 오래 사귀어서 소위 '꽌시'(친밀한 관계)를 형성하고 나면 누구보다 끈끈하고 속정이 깊다.

지금도 배드민턴 내기에서 직원들이 사온 아이스크림이 먹고 싶다. 그리고 나에게 자전거를 가르쳐 주던 무뚝뚝한 조선족 여직원이 떠오른다. 내 등을 밀어 주면서, "사장님. 페달을 밟으셔야지요. 발을 자꾸만 놓으시면 어떡해요." 하고 억센 억양으로 꾸짖듯 말하던 소리가 귀에 쟁쟁하다. 그 때 자전거를 타고 가다가 힐끗 바라 본, 앞마당 잔디의 햇살이 아른거려 눈물이 난다. 그리고 혼자 중얼거려본다. "나는 항상 운이 참 좋은 사람이었다."라고 말이다.

07

매일 성장에 대해 감사 일기를 써라

"매일 성장에 대해 감사 일기를 써 보자.
하루 동안 의미 있는 일이 분명히 있었을 것이다. 나쁜 일은 나쁜 일대로
반성하는 기회를 줄 것이고, 좋은 일은 두고두고 행복해진다.
무엇보다 내가 발전한 흔적을 돌아볼 수가 있다."

나는 젊은 시절 문학 서적이나 연애소설책
에 흥미가 없었다. 대신 미래를 예측하는 책이나 자기 계발서 위주로
읽었다. 당장 쓸모가 있는 책들만 읽었던 셈이다. 내 주변엔 그런 류의
책을 읽는 사람이 별로 없었다. 그런 책은 대놓고 '10억 모으는 법'이
나 '성공하는 법' 등을 가르쳐 주고 있었다. 다른 사람들은 "그런 책을
읽는다고 뭐가 달라지나?" 하는 이유로 안 읽는 책들 말이다.

물론 내가 부자가 된 것도, 크게 성공한 것도 아니다. 하지만 적어도
가슴 뛰는 삶을 살게 한 것으로도 충분히 읽을 만한 가치가 있었다. 성
공과 관련된 책들은 꿈을 적어놓고 바라보면서 시각화하라고 했다. 나
는 책에 씌어 있는 것은 비슷하게라도 실천했다. 1년을 시작하는 시점
에서는 가장 예쁜 다이어리를 사다가 하루, 한 달, 1년 단위로 세부적

인 계획을 세웠다. 사실 계획대로 된 경우는 반이 될까 말까하다. 매년 '10킬로그램 살빼기' 같은 경우는 오히려 계속 찌고 있다.

그러나 실현된 경우도 많은데 다이어리에 쓰지 않았더라면 시도도 하지 않았을 내용들이다. 예를 들어 '1년에 책 300권 이상 읽기' 같은 경우는 바쁜 직장인으로서는 무모할 정도로 보인다. 하지만 나는 작년에 300권 이상의 책을 읽었다. 목표가 뚜렷하다 보면 방법이 생기게 마련이다. 빠른 독서방법을 알게 되어 책을 많이 읽을 수 있었던 것이다. 목표를 적어놓고 자꾸 들여다보면 목표를 달성하기 위한 방법이 생긴다. 요즘은 해결책을 제시해주는 검색 도구들이 많다.

목표달성에 도움이 되는 많은 정보를 접하다가 '감사 일기'를 알게 되었다. 일기를 쓰는 사람들은 많다. 그런데 근무일지 내지는 감상문 성격으로 쓰는 사람이 대부분이다. 그런데 감사 일기는 자기 삶에서 이루어진 것들에 대해 감사하고, 아니면 일어날 일을 미리 감사해서 이루어지도록 하는 것이다.

나는 자기 계발서의 영향으로 늘 꿈이 명확했다. 그래서 일기도 꿈과 관련된 것들을 주로 썼다. 그 꿈들은 지금 생각해 보면 굉장히 추상적인데, 그 중 나이가 들어도 정신만은 늙지 않는 것이 가장 큰 꿈이었다. 그리고 달성되었다. 지나치게 말이다. 나는 아직도 소녀 감성을 가지고 있다. 너무 철없어 보여서 큰일이다.

나는 또 아이들이 뱃속에 있을 때 태교일기를 썼고 아이들이 태어나서는 육아일기를 썼다. 그 때는 이런 마음이 있었다. '아이가 나중에 크면 사춘기가 오겠지? 그리고 반항을 할 거야. 혹시 가출할지도 몰라. 그럼 그 때 이걸 보여 줘야지. 그리고 이렇게 말해야지' 하고 상상했었다. "엄마는 소망하던 너를 낳았을 때 너무나 행복했단다. 네가 자라면서 나에게 얼마나 기쁨을 주었는지 아니?" 하면서 말이다.

그런데 실제로 그런 일이 일어났다. 딸의 사춘기 반항이 한창 심하던 어느 날 내가 이 일기장을 딸의 책상 위에 슬며시 올려놓았다. 그랬더니 밤에 읽은 모양이다. "엄마 나 임신했을 때 그렇게 입덧이 심했어 참 힘들었겠다." 그리고 한 동안은 확실히 고분고분해진 것 같았다.

우리는 매일 성장한다. 그 모습을 일기로 적어 놓으면 확실히 알게 된다. 내가 얼마나 감사할 일이 많은지, 또 얼마나 성장했는지 말이다. 그것만으로도 꿈에 다가가기가 쉽다. 뇌의 작동 원리도 그렇다. 글로 쓰지 않으면 뇌는 그 부분에 대해 명령을 내릴 필요가 없어진다. 생각을 안 하게 되니 말이다. 뇌는 진짜로 일어난 일과 상상을 구분하지 못한다고 한다. 이를 이용하여 기적 같은 일들이 일어난 것처럼 감사하면서 일기에 쓰는 것이다.

감사하면서 살아가면 진짜로 기적 같은 일이 일어난다. 나는 일기를 주로 인터넷으로 쓰곤 했다. 그리고 너무 힘든 시기에는 일기가 아닌 소설형식을 빌렸다. 이미 일어난 일인 것처럼 미래의 어느 시점을 정해 놓고 미리 써 놓는 것이다. 주로 20년이나 30년 뒤의 '미래 일기'였다.

40대 중반의 나는 남편 사업을 도우며 인생 최대의 힘든 시간을 보내고 있었다. 그 때는 하루하루가 위기였는데, 어느 시점부터는 내 일기가 늘 미래의 어느 시간, 어느 장소에 고정되어 갔다. 그 당시 좋아 보이는 것들을 끌어다 하나의 이미지를 만들어내고 있었던 것이다. 그 당시 신민아라는 여배우가 했던 노트북 광고장면을 패러디 한 것 같다. 예를 들어, '이태리 노천카페에 한 여인이 앉아있다. 한 손에는 커피 잔을 들고, 노트북으로 글을 쓰고 있다. 50대 중반쯤 되어 보이는 이 여인은 모든 걸 다 가졌다. 유머와 건강과 좋은 친구들…….'
이렇게 그 당시 현실과 정반대의 상황을 설정해놓았다. 그리고는 미래의 어느 시점에서 모든 걸 다 이룬 가상의 주인공을 나로 만들어 놓고 있었다. 가슴이 원하는 것들을 머리에다 주입한 것이다. 처음엔 도저히 믿어지지가 않았다. 하지만 매일 반복적으로 쓰다 보니 어느새 이미 일어난 일처럼 생생하게 느껴지곤 했다. 그리고 어느 순간부터 실제로 그와 비슷한 일이 일어나고 있다.

현재 나는 글을 쓰고 책을 내는 작가이다. 현재 노트북으로 글을 쓰고 있는 장소가 유럽이 아닐 뿐이다. 꿈을 꾸는 삶이 이 모든 걸 가능하게 했다. 그리고 그 감각을 유지시켜준 것은 다름 아닌 '감사 일기'다. 매일을 기록하고 감사하는 습관은 자아를 성장시키는 힘이 있다. 자신의 뇌에 계속해서 충만된 기분을 주입하는 것이다. 그러면 뇌는 더 감사한 일을 만들어 내려고 노력한다. 아이들에게 잘한다고 칭찬을 하면 더 잘하려고 노력하는 것과 같다. 사람에게는 성장에 대한 본능이 있는 것 같다. 자신이 발전하고 있다고 여기는 순간 그 방향으로만 계속 가려고 한다.

매일 성장에 대해 감사 일기를 써 보자. 하루 동안 의미 있는 일이 분명히 있었을 것이다. 나쁜 일은 나쁜 일대로 나에게 반성하는 기회를 줄 것이다. 좋은 일을 자세히 기록해놓으면 두고두고 행복해진다. 무엇보다 내가 발전한 흔적을 돌아볼 수가 있다. 며칠 전 일기를 보다가 문득 내가 유치하게 느껴진 적이 있을 것이다. 얼마나 뿌듯한가? 며칠 사이에도 유치함에서 세련됨으로 발전하는 나 자신을 확인하는 것 말이다. 써놓지 않았으면 절대 알아채지 못 할 일이다.

내가 가장 힘들 때 써놓은 '미래의 감사 일기'를 들추어 볼 때가 있다. 그 당시 상황에서 는 절대로 불가능할 것 같은 내용들이 들어있다. 몇 년만 있으면 그 미래 일기의 실제 날짜가 된다. '그 내용이 과연 얼마나 일치하게 될까?' 하는 생각에 가슴이 두근거린다. 나는 100% 일치하리라 확신한다. 모든 상황이 살금살금 그에 맞춰져 가고 있기 때문이다. 그리고 이 모든 것은 '감사 일기'를 꾸준히 써왔기에 가능해진 것이다. 매일 성장에 대해 감사 일기를 쓰는 일, 이것은 반드시 자신의 운명을 바꾸는 강력한 도구가 되어줄 것이라 확신한다.

08

운이 따르는 사람들을 가까이 하라

"만약 지금 운이 없다면 주변에서 가장 운이 따르는
사람들을 가까이에 두자. 그러면 그들에게 왜 운이 따르는지 알아낼 수 있고,
그들의 습관들을 따라하게 된다.
습관들이 쌓이다 보면 운이 저절로 따라오게 되어 있다."

아는 후배 중 한 명이 생각난다. 그 후배는 얼마 전 남편과 사업에 크게 성공해서 한국에 잠시 들렀을 때 만났다. 그 후배는 내가 교사를 그만 두고 건축학원에 다닐 때 만났는데, 뛰어난 미인이라고는 할 수 없지만 어딘가 호감이 가는 얼굴이었다. 그 후배는 뭐든 낙천적이고 편안해보였다. 심지어 과제를 잘 못 해와서 혼이 나도 웃는 스타일이었다. "선생님이 꼼꼼하게 가르쳐 주시니 고마운데요?" 하면서 말이다.

나중에 학원을 그만 두고 결혼을 해서 미국으로 간 후배는 종종 편지를 보내왔다. 가끔 통화도 하고 미국생활의 어려움도 이야기하곤 했는데 워낙 낙천척이라 그런지 잘 헤쳐 나갔다. 그 후배와 대학로에 갔던 적이 있다. 그 당시 대학로에는 천막을 치고 사주, 손금 등을 보아

주는 곳이 많았다. 후배와 재미삼아 본 적이 있는데, 그 때 사주를 보던 분이 후배에게 말했다.

"뭘 해도 잘 되는 사주예요. 남편이 지금 리어카를 끌어도 나중에는 회장님 만들어 줄 거예요."

후배는 그 말을 듣자 무척 좋아했고, 나는 참 별 사주도 다 있다고 생각했다. 미혼이었던 나는 남편이 성공하는 것과 내가 무슨 상관인지 이해가 안 되었던 것이다. 나중에 결혼하고 보니 이해가 되었다. 부부는 한 그릇 안에 있는 운명이다. 남편이 잘 되게 내조하는 것이 그 후배의 운이었던 것이다. 그 후배는 운이 따르는 사람이었다. 그리고 그 주변에 있는 사람, 특히 가까이 있는 남편이 그 덕을 가장 많이 누리게 되는 것이다.

또 한 사람이 생각난다. 상해에서 사업을 하다 알게 된 사람인데 '세상에 이렇게 운이 좋은 사람이 있나?' 싶을 정도였다. 그는 당시 우리 회사 클라이언트였는데 중국 대도시에 의류공장을 세워서 한국에 납품을 하고 있었다. 그러다가 유럽까지 진출했는데 어마어마한 부를 축적하는 것이 눈에 보였다.

그 사장님에게는 당첨 행운도 따라다녔다. 어마어마한 청약경쟁률을 뚫고 판교 아파트에 당첨이 된 것이었다. 평수도 컸는데 프리미엄만 해도 상당했다. 사모님이 나중에 상해에 살게 되어 대화를 나눈 적이 있었다. 그 사모님 말씀이 자기 부부는 신혼 초엔 50만 원짜리 월세 방에서 시작했다고 한다. 남편은 당시 수입이 너무 적어 밤에도 일을 했는데, 항상 주어진 상황에서 최선을 다했다는 것이다. 그리고 어떤 상황에서도 유머를 잃지 않았다고 했다.

나는 남편이 그 사장님하고 같이 술자리를 하게 되면 무슨 대화를 했는지 물어 보았다. 그랬더니 술자리에서도 항상 재미있는 이야기로 분위기를 잘 이끈다고 했다. 심지어 중국어를 못 하는데도 중국인과 협상을 잘 한다고 혀를 내둘렀다. 우리가 그 회사 공사를 하던 중 그 사장님의 진짜 성공요인을 엿보았다. 아무리 새벽까지 술을 마셔도 아침 일찍 일어나서 꼼꼼하게 현장을 체크했던 것이다. 그런 근면함과 꼼꼼함, 사교성 등이 성공 요인이 아닌가 생각이 들었다. 그런데 그 사장님의 진가는 따로 있었다.

한 번은 사장님이 회사 임원들과 시내를 달리다가 교통사고가 났다. 상대차가 의도적으로 받은 것 같은데 직원들이 심하게 다치고 차가 완파되었다. 사장님도 팔을 크게 다쳤다. 나중에 들려오는 이야기가 섬뜩했다. 원래 중국에서는 근처에 있는 한국회사가 잘 되면 현지 경쟁업체에서 사람을 시켜 경쟁업체에 해코지를 한다는 것이다. 그럴듯한 근거까지 나돌았다.

나는 그 사장님이 곧 공장을 철수할 줄 알았다. 하지만 오히려 그 옆에 더 큰 땅을 매입하여 제 2공장을 지었다. 그리고 중국에 더 큰 투자를 하여 사업을 확장하였다. 대신 현지 주민들을 위한 복지에 신경을 썼다. 현지 고아원이나 복지회관들을 찾아가 성금을 내곤 했다. 그리고 중국인 공장 직원들에게 대우를 잘 해주어 현지 신문에 크게 나기도 했다. 중국인들은 외지인들에게 우호적이지 않은 점을 간파하고 호의를 베푼 것이다.

자동차 사고가 난 직후 사장님이 우리 회사에 온 적이 있다. 그 때 깁스한 팔을 가지고 유머를 날리기도 했다. "그래도 팔이 다쳐서 다행이야 얼굴이 다치면 큰 일 날 뻔했어. 내가 이래봬도 미모로 먹고 사는데 말이야." 라고 말이다. 키가 땅딸하고 새까만, 누가 봐도 유인원 스타일인 그 사장님이 미모로 사업한다니 웃음이 터져 나왔다.

못 생긴 자기 외모를 가지고도 유머를, 그것도 위험한 상황에서 그런 유머를 구사한다는 게 놀라웠다. 게다가 그런 협박성 경고에도 사업을 확장할 줄 아는 용기가 대단해 보였다. 다들 힘들어 할 때도 이 회사는 승승장구했는데 그 사장님의 운을 다루는 솜씨 때문이 아닌가 생각이 들었다. 위기를 기회로 바꾸는 것은 말로는 쉽지만 실제로 불안감 때문에 실행하기가 쉽지 않다. 그런 면에서 과감한 승부수를 두는 그 사장님이 대단해 보였다.

그 뒤로 나는 그 사장님의 일거수일투족을 남편에게 그대로 설명해주곤 했다. 처음엔 기분 나빠하던 남편도 시간이 지날수록 내 말에 수

긍할 수밖에 없었다. 그 사장님의 경영스타일을 따라하면 일이 잘 되니 말이다. 그래서 말투부터 옷차림, 전화응대 스타일까지 따라해 보려고 노력했다. 그 사장님은 운이 따르도록 하는 마법을 부리는 것 같았다. 그 마법에 우리도 빠져 보고 싶었던 것이다.

그 사장님 스타일을 열심히 따라한 결과 사업이 진짜로 잘 되기 시작했다. 그 사장님에게 저작권료를 지불해야 할 정도다. 그 저작권에 굳이 이름을 붙이자면 '억센 운을 순하게 다스리는 방법' 쯤 될까? 나는 이처럼 운이 좋은 사람들을 많이 만나게 되면서 나름대로 공통점을 발견했다. 첫째, 어떤 순간에도 유머를 잃지 않는다. 둘째, 새벽에 일찍 일어난다. 셋째, 세상을 보는 관점이 넓다. 넷째, 사람을 좋아한다. 다섯째, 적극적이고 대범하다. 여섯째, 위기에서 기회를 찾아낸다.

지금 운이 없는가? 가장 손쉬운 방법이 있다. 주변에서 가장 운이 따르는 사람들을 가까이 에 두는 것이다. 그러면 그들에게 왜 운이 따르는지 알아낼 수 있고, 그들의 습관들을 따라하게 된다. 습관들이 쌓이다 보면 운이 저절로 따라오게 되어 있다. 당장 운이 따르는 사람을 구하지 못한다면 방법이 있다. 먼저 불평만 늘어놓는 사람들을 멀리하라. 그것만으로도 운이 좋아질 것이다.

주위에 마음 맞는 사람만 두는 사람들이 있다. 마음이 맞는다는 건 어쩌면 자신이랑 가장 비슷한 사람들이다. 비슷하니까 부담이 없고 넋

두리 늘어놓기 쉬운 대상을 찾는 것이다. 자신이 긍정적이라면 문제가 없지만 부정적인 성향이 강하다면 서로를 위해서 멀리하는 것이 좋다. 나도 예전에는 마음이 편한 친구를 좋아했다. 그런데 가만 보니 마음이 맞는 친구들은 만나서 주로 남편 흉이나 주위사람 흉을 보는 것으로 시간을 보냈다. 또 우리 사회에는 자기 남편이 좋다고 하면 친구들 사이에서 왕따 당한다고 생각하는 면이 있다.

마음이 편한 사람을 만나서 매일 남을 비판하는 부정적인 습관이 몸에 배게 되면 어떻게 될까? 말은 곧 행동이 되고 습관으로 굳어진다. 부정적인 삶의 악순환이 시작되는 것이다. 즉 불운을 끌어당기는 행동이 된다. 운을 끌어당기는 선순환을 한 번 만들어 보자. 마음이 편한 게 아니라 나를 발전시킬 수 있는 모임을 갖고 긍정적인 사람들과 만나라. 그리고 운이 좋아지는 말로 좋은 대화를 나누어라. 그러면 점차 자신의 운이 좋은 방향으로 바뀌게 되는 것을 느낄 것이다.

지금 하고 있는 매일의 일상을 점검해보면 자신의 미래를 알 수 있다고 한다. 오늘 들었던 말들, 했던 말들, 만났던 사람들, 했던 일들, 읽었던 책, 본 일 등이 나를 만들어 간다. 그것이 남들과 똑같았다면 나도 남들과 똑같은 인생을 살 것이다. 그러나 남들과 다른 결과를 꿈꾼다면 다른 것들로 채워나가야 할 것이다. 그래야 남들과 다른 인생을 만들어 나갈 수 있지 않을까?

운이 따르는 삶을 산다는 건 결국 운이 따르는 사람이 된다는 것이다. 사회적 동물인 사람은 서로 영향을 주고받는다. 또 비슷한 것들은 서로를 끌어당기게 되어 있다. 좋은 운을 가진 사람을 가까이 하는 것은 당연히 좋은 기를 나에게 끌어당기는 것이 되지 않겠는가? 그러려면 먼저 운이 따르는 사람을 가까이 해야 한다.

PART

05

[제 5 장]

인상이 운명을 바꾼다

자신의 인상이 맘에 안 든다면서 바꾸려고 노력하는 사람이 과연 얼마나 있을까? 인상을 바꾼다는 말에는 행동이나 마음가짐이 바뀐다는 의미가 포함되어 있다. 단순히 주름을 없앤다거나 체중을 줄이는 것과는 다르다. 인상을 좋게 바꾸려면 무엇보다 자신을 사랑하고 여유를 가져야 한다.

01

표정 하나 바꿨을 뿐인데

"표정 하나만 바꿔도 많은 것이 달라진다.
세상에서 가장 환하게 웃는 사람의 사진을 화장실 거울에 붙여놓거나
핸드폰 초기화면으로 저장하고 매일 따라해 보라.
어느 순간 주변에 사람이 모여들고 일이 잘 풀려나갈 것이다."

상해에서 사업을 할 때다. 우리 회사는 조
선족과 한족들을 직원으로 두고 있었다. 그들은 한국인들보다 무뚝뚝
했는데, 활발한 성격의 나로서는 무척 낯설었다. 중국은 어딜 가도 친
절함과는 거리가 멀어 보였다. 그나마 상해 여자들이 상냥하다고 했
다. 그래서 부자들로 유명한 홍콩남자 돈은 상해 여자들이 다 가져간
다는 우스갯소리가 있을 정도이다.

우리 회사 직원 중에는 조선족이 60% 정도 차지했다. 주로 흑룡강
성 출신이 많았는데 경상도 사람들이 오래 전 이주한 곳이라 한다. 억
양은 경상도 사투리에 이북 사투리가 섞인 억센 억양이었다. 성격은
터프한 걸로 유명했는데 그중에서 기억나는 남자직원이 있다. 친하고
보니 상남자 스타일이고 의리도 있었는데, 일단 목소리가 커서 옆에

있으면 귀청이 찢어질 듯했다. 말은 어찌나 거칠게 하는지 대화를 하다가 심장이 벌렁거리곤 했다.

지금 생각하면 이국땅에서의 낯선 환경 때문인데, 그땐 모든 게 힘들었다. 어느 날 그 직원에게 말했다. 나는 심장이 안 좋다고 말이다. 거칠게 말하거나 소리를 지르면서 말하면 심장마비로 죽을 수도 있다, 내가 죽으면 월급도 주기 힘들고 회사가 망한다고 거듭 강조했다. 그랬더니 울 듯한 표정으로, "제가 뭘 어쨌다고 그러세요?" 하면서 걱정을 하는 것이었다. 그 뒤로 조심하는 게 보이긴 했다. 그런데 조근조근 말하려고 하는 모습이 하도 어색해서 이번에는 웃겨죽을 지경이 되었다.

나중에 보니 남자 직원들한테 당하는 고통은 나만 겪으면 되는 것이었다. 여직원이 더 문제였다. 전화응대는 보통 여직원이 한다. 우리 회사의 클라이언트는 주로 한국의 대기업들이었다. 전화응대 문제로 불평하는 소리가 많이 들려왔다. 여직원 교육을 어떻게 하는 거냐? 항상 불친절하고 전화매너도 없다. 용건만 말하고 먼저 끊어 불쾌하다고 말이다. 이 부분은 나도 처음에 똑같이 느낀 부분이다. 그러나 중국인들의 습성을 알고 나서는 이해가 되었다.

중국은 워낙 땅이 넓어서 서로를 믿지 못한다. 전체적으로는 한족이 많지만 각 성마다 다른 나라라고 해도 될 정도로 말이 잘 통하지 않는 방언들을 쓴다. 게다가 공산국가이므로 서로를 감시하는 습성이 남아 있다. 정이 없는 부분도 이해가 된다. 중국은 지방에서 중고등학교를 마치면 대부분의 젊은이들이 대도시로 가서 취직을 한다. 20세도 되기 전에 부모로부터 독립하는 것이다. 가정마다 아이들도 하나씩만 낳다보니 형제, 자매애도 부족해 보인다. 이 모든 걸 알고 나면서 그들을 이해하게 되었다. 하지만 고객은 이런 사정까지 알아주지 않는다.

결국 직원들을 교육해야 했다. 이 때 묘안을 생각해냈다. 바로 '미소수당'이다. 경리 여직원에게 제안을 했다. 웃음 띤 얼굴을 하면 보너스를 주겠다고 말이다. 보너스는 그 당시 우리나라 돈으로 5만원에 해당하는 돈이었다. 그 뒤로 여직원이 한동안 웃고 다녔는데 처음엔 어색하기만 했다. 그런데 시간이 흐른 뒤에는 웃는 게 습관이 되어 자연스러운 얼굴이 되어갔다.

웃는 표정에서 딱딱한 말투가 나올까? 말투도 표정에 맞게 변해갔다. 클라이언트의 불평은 당연히 줄어들었다. 이를 본 남자직원들도 여직원의 표정을 자연스레 따라한 것 같다. 얼마 지나지 않아서 모두들 친절하게 변해갔으니 말이다. 직원들 관리를 잘 하자 한국의 대기업들에서 우리 직원들을 탐내기 시작했다. 우리 회사 직원들은 마치 중국말을 잘 하는 한국인 같다면서 말이다. 실제로 나중에 내가 한국으로 돌아올 때 우리 회사 직원들은 대부분 중국내 한국의 대기업으로 취업이 되었다. (고맙게도 직원들이 그 전에는 스카우트 제의가 온 것도 나에게 말을 안 하고 거절한 것이다.)

표정 하나만 바꿔도 이렇듯 많은 것이 달라진다. 밝은 표정을 하니 그에 어울리는 생각을 하게 되고 어울리는 말을 한다. 그 말이 또 친절한 행동으로 이어진다. 친절한 말을 하면서 불친절한 행동을 할 수는 없다. 거울을 앞에 놓고 시험을 해보면 알 수 있다. 기분 나쁜 생각을 하면서 활짝 웃어 보아라. 아마 힘들 것이다. 욕을 하면서 예쁘게 웃어 보아라. 묘기에 가까운 능력이 필요하다.

중국인들에 비하면 좀 낮지만 한국인들도 무표정한 편이다. 예를 들어 미국 성인은 하루에 80번 정도 웃고 한국성인은 하루에 13번 정도 웃는다고 한다. 그것도 파안대소가 아니라 가볍게 웃음 짓는 정도다. 외국에 살 때 외국인 중 특히 서양인들은 거리에서 마주치는 사람을 보면 항상 웃는 얼굴로 인사를 건넸다. 그런데 같은 나라 사람인데도 우리나라 사람들은 얼굴이 무심한 표정으로 지나가서 무안한 적이 많았다. 우리나라 사람들도 이제 웃는 얼굴이 일상화되었으면 좋겠다. 억지로라도 웃으면 진짜로 웃을 일이 생긴다. 무엇이 먼저이면 어떤가? 이것은 하나 뿐인 내 인생이 좋아지는 일이다.

뇌는 주어가 없어서 남을 위해 기도를 하면 나를 위해서도 기도하는 효과가 있다고 한다. 우리의 뇌는 생각보다 스마트하지가 않다. '흔들다리 실험' 이라는 게 있다. 깊은 계곡의 흔들다리를 건너는 건데, 이때 무서워서 떨리는 느낌과 사랑에 빠져서 떨리는 느낌을 뇌는 구분하지 못 한다. 그래서 흔들다리를 건넌 후 손을 잡아준 사람과 사랑에 빠지기 쉽다고 한다. 내 경우도 그렇다. 내가 남편을 만난 것도 사실은 '심장의 속임수'에 뇌가 반응했기 때문이다.

내가 한창 건축현장에서 감리를 보던 시기의 일이다. 그 현장은 무척 고난이도인데다 영하 10도를 오르내리는 추운 날씨에 외부 공사를 하느라 고역이었다. 게다가 건축주가 매일 현장에 나와서 간섭을 해대는 통에 스트레스가 심했다. 바로 앞에는 유명 건축회사가 진행하는 현장이 있었다. 남편이 그 건축소장으로 있었는데 현장이 말끔하게 진행되는 게 보였다. 그래서 모르는 게 있을 때마다 그 건축소장에게 물어보면 귀찮아하지 않고 적극적으로 해결해주곤 했다.

지금 생각해보면 남편도 나한테 잘 보이고 싶어서 그런 것이었다. 그 당시 어려운 문제를 척척 해결해주던 남편은 나에게 원빈보다 잘생겨 보였다. 힘든 현장을 진행하면서 하루에도 몇 번 씩 심장이 들락날락했는데, 심장은 한 번 나온 김에 들어갈 줄 모르고 남편에게 빠져버린 듯하다. 이처럼 단순한 뇌의 시스템을 이용해보자. 의외의 수확을 얻을 것이다. 가장 쉽고 효과가 큰 것은 미소를 짓는 것이다.

내가 아는 남자분이 있다. 그는 원래 인상이 부드럽지 않았다. 그는 어느 날 TV에서 광고가 나오는 것을 보았다. 모 브랜드 커피 광고였는데, 안성기라는 배우가 커피 잔을 들고 활짝 웃는 모습이 보였다. 기분이 좋아지게 만드는 마력을 지닌 미소였다. "바로 이거야!"라고 느낀

그는 문득 따라하고 싶어졌다. 그래서 사진을 보고 매일 따라한 결과 지금은 인상이 좋아지고 늘 환하게 웃는 사람이 되었다. 그렇다고 달라지는 게 있었을까? 그 뒤로 하는 일마다 승승장구였다. 표정 하나 따라 한 것 치고는 꽤 괜찮은 수확이지 않은가?

표정 하나만 바꿔도 많은 것이 달라진다. 시간이 많이 걸리는 것도, 돈이 드는 것도 아니다. 준비물이 하나 필요하긴 하다. 거울이다. 어떻게 웃어야 할지 모른다면 사진을 한 장 구하면 된다. 세상에서 가장 환하게 웃는 사람의 사진이 좋다. 이 사진을 화장실 거울에 붙여놓거나 핸드폰 초기화면으로 저장해두고 매일 따라해 보라. 어느 순간 주변에 사람이 모여들고 일이 잘 풀려나갈 것이다. 간혹 누가 와서 사진을 한 장 찍자고 할 수도 있다. 당신이 그 주인공이 되지 않겠는가?

02

인상, 하루아침에 바꿀 수 있다

"곁에 다가가고 싶은 좋은 인상으로 바꾸려면
어떻게 해야 할까? 시간과 돈을 이전과는 다른 곳에 투자하면 될 것이다.
보다 가치 있는 일을 하고 가치 있는 곳에 쓰는 것이다.
무엇보다 이기적인 마음으로 살지는 말아야 한다."

사람들이 흔히 팔자는 타고난다고 말한다.
이런 패배의식의 말 중 끝판왕은 아마도 '사람은 생긴대로 산다.' 는
말일 것이다. 이 '생긴대로' 에는 아주 복합적인 의미가 담겨있다. 단
순히 잘 생겼거나 못 생겼다는 의미뿐 아니라 경제력의 의미까지 담고
있다. 그러니 사람들은 관상 보는 법이나 손금 보는 법에 흥미를 가진
다. 자신이 어떻게 생겨서 태어났는지가 궁금하니 말이다.

그럼 과연 관상은 타고나는 것일까? 물론 유전적 소인에 의해 어느
정도의 윤곽은 타고 난다. 그러나 잔가지들이 워낙 변수가 많고 본인
의 노력 여하에 따라 달라진다. 사실 무엇보다 안색이 중요한데 사람
의 안색이야말로 수시로 바뀐다. 아침에 방긋 웃으며 출근한 인상 미
남의 남편이 저녁에는 고약한 인상을 하고 퇴근한다. 즉, 표정에 따라

인상이 바뀌는 것이다.

가끔 충격적인 반전을 보이는 경우도 있다. 남자동창에게서 들은 이야기다. 사회초년병 시절의 이야기인데 버스 안에서 어떤 아가씨가 자기를 뚫어져라 쳐다보더란다. 그래서 자기에게 관심을 보이나 해서 내심 어떻게 마음을 돌리나 걱정했단다. 여자 얼굴을 쳐다보다가 낯이 익어서 예전에 사귀던 여자인가 하며 곰곰이 생각을 했단다. 그런데 그 아가씨가 갑자기 이 친구 등을 철썩 치면서 "야. 너 태식이지. 너 진짜 오랜만이다. 나 강민이야. 이게 얼마만이냐?" 하며 굵직한 음성으로 말하더란다. 놀랍게도 성전환을 한 동창을 만난 것이다.

그 친구는 그 뒤로 그 친구를 남자 동창생이라고 해야 할지 여자 동창생이라고 해야 할지 헷갈린단다. 이런 경우는 그야말로 팔자를 타고나기는커녕 성별까지 바꿨으니 가히 조물주의 영역까지 침범했다고할 것이다. 이렇듯 성별까지 바꾸는 세상에 인상을 바꾸는 것쯤은 무척 쉬운 일에 속한다.

하루아침에 인상을 바꾸는 건 어른들만의 전유물이 아니다. 몇 년전 근무했던 학교에서 있었던 일이다. 그 학교는 주로 빈민층이 모여 사는 동네에 있었다. 그러니 부모님들이 맞벌이 하느라 바빠서 아이들이 어렸을 때부터 방치되다시피 하는 경우가 많았다. 그런 아이들은 자유분방하고 거친 성격이 되는 경우가 많았다. 그런 아이들이 6학년이 되면 전체 학생 중에 누가 '일짱'이 되는지가 큰 관심사였다. 교사들은 교사들대로 특별관리를 해야 하고 학생들은 그 학생을 피해서 반을 배정받고 싶어 했다.

나는 그 해에 6학년 학생을 대상으로 영어과목만 가르쳤는데 매 교시마다 내가 각 반에 들어가서 가르쳤다. 그런데 처음 들어간 반에서 남학생 둘이서 폭력을 써 가며 싸우는 게 아닌가? 그런데 자세히 보니 한 명만 주먹을 휘두르고 상대 학생은 일방적으로 맞았다. 신기한 것은 때리는 학생은 키가 아주 작고 맞는 학생은 덩치가 커다란 것이었다. 누가 봐도 작은 학생이 맞을 것 같이 생겼는데 말이다.

나중에 알고 보니 작은 학생이 그 학교 '일짱'으로 명성을 날리고 있었다. 게다가 역대 일짱 중에서도 단연 탑이었다. '핵주먹'이라는 별명도 있었는데 그 주먹을 한 대 맞으면 최소한 이빨이 부러지거나 했다. 그 핵주먹은 교사들도 무시했고 눈빛이 아주 사나웠다. 그래서 선생님들도 무서워하는 학생이었다. 특히 내 수업시간에 폭행이 자주 일어나곤 해서 너무 힘이 들었다. 한편으론 아들 나이 되는 어린 학생을 무서워하다니 하면서, 내 자신이 한심하기도 했다. 하루는 이런 문제로 새벽기도를 가기도 했다.

그런데 그 기도가 응답이 되었나 보다. 하루는 그 학생이 한 남학생을 주먹으로 때려서 고꾸라지는 일이 일어났다. 전에 '핵주먹'이 한 학생의 배를, 때려서 탈장으로 입원했다는 이야기를 들은 적이 있는지라 바짝 긴장이 되었다. 나는 마른 침을 삼키며 그 '핵주' 먹에게 다가가 왜 때렸냐고 되도록 큰 목소리로 꾸짖었다. 속으로 기도하면서 말이다. 그랬더니 그 학생이 조그맣게 중얼거리는 것이다.

"아침부터 아빠한테 맞았더니 재수가 없어서요." 그래서 내가 "뭐?" 했더니, 아빠가 어제 밤에 술 먹고 와서는 아침부터 자기를 때렸다는 것이었다. 나는 다른 아이들이 들을까봐 회의실로 데려가 말을 시켜보았다. 그 핵주먹 말이 자기는 매일 맞고 살아서 스트레스가 아이들한테 간다고 했다. 나는 갑자기 울컥하면서 그 학생 손을 꼭 잡고 다정하게 대화를 시작했다. 그리고 그 학생의 머리를 쓰다듬으면서 말했다.

"무슨 일이 있으면 내가 달려가 줄게" 그리고 다음날 수업에 들어가서 그 핵주먹부터 찾았다. 그런데 보이질 않는 것이었다. 그래서 아이들한테 물어보았다. 그러자 아이들이 "여기 있잖아요." 하는 것이다. 자세히 보니 원래 자리에 앉아있었다. 그런데 예전의 얼굴이 아니었다. 전에는 날카로운 눈매로 눈을 치켜뜨고 다녔는데 눈매가 순하게 바뀌어 있었다. 무엇보다 행동이 바뀌었는데 일짱 자리를 완전히 내려놓았다. 그 뒤로는 단 한 번도 아이들을 때린 적이 없었다. 사람이 하루아침에 바뀐 것이다.

타고난 부모를 바꿀 수는 없지만 자기 마음만은 고쳐먹기로 한 모양이다. 그리고 그에 따라 자연스럽게 인상이 좋아지고 행동도 좋아진 것이다. 어린 아이도 마음가짐에 따라 얼굴이 달라진다는 게 참 신기했다. 부모는 타고 나는 거니 어쩔 수 없다고 생각하며 자포자기하기 쉬운데 말이다.

그렇다면 어른들에게는 더욱 쉬운 일이 아닐까? 어른들은 가족을 구성하는 문제나 유지하는 것, 그 구성원의 숫자도 결정할 수 있다. 사회적인 위치나 경제적인 수준도 본인의 노력에 따라 어느 정도까지 올라 갈 수가 있다. 늘 감사하고 자신이 바꿀 수 있는 건 최대한 노력해서 바꾸려고 하는 사람은 인상이 부드럽고 여유 있는 사람이 된다.

나는 아주 오랫동안 이 부분을 노력해왔다. 나의 환경이 그다지 좋지 못하다고 느껴왔던 터라 얼굴에 그늘이 드러나는 게 신경이 쓰인 것이다. 그래서 되도록 미소를 지으려고 노력하기도 했다. 한 마디로 '부티'가 나는 사람을 부러워 한 적도 많았다. 그런데 지금은 생각이 많이 변했다. 나이가 들어서도 단순히 부티만 나는 얼굴들을 본다. 주름살이 하나도 없이 잡아당겨서 팽팽한 얼굴들 말이다. 그 정도의 상태를 유지하려면 돈이 엄청나게 많이 든다고 한다.

그 사람이 어떤 사람인가를 보려면 하루 종일 어디에 돈을 쓰고 무엇을 하면서 시간을 보내는지가 중요하다. 그런데 그 시간과 돈을 모두 자기 얼굴 가꾸는데 들인 사람의 영혼은 궁핍할 수밖에 없다. 그 분위기는 바로 인상으로 드러난다. 그러면 인상을 바꾸려면 어떻게 해야 할까? 시간과 돈을 이전과는 다른 곳에 투자하면 될 것이다. 보다 가치 있는 일을 하고 가치 있는 곳에 쓰는 것이다. 무엇보다 이기적인 마음으로 살지는 말아야 한다.

    어떤 인상을 선택할 것인가? 우리는 자기 얼굴의 인상을 디자인하는 사람이 되어야 한다. 늘 찡그린 얼굴인가? 아니면 늘 웃음 띤 행복한 얼굴인가? 지적인 얼굴인가? 천박한 얼굴인가? 그리고 진심으로 자신에게 물어보라. "어떤 인상을 가진 사람 곁에 가고 싶은가?" 하고 말이다.

03

인상이 운명을 바꾼다

"인상을 바꾼다는 것은 행동이나 마음가짐이 바뀐다는
의미가 포함된다. 단순히 주름을 없애거나 체중을 줄이는 것과는 다르다.
인상을 좋게 바꾸려면 무엇보다 자신을 사랑하고 여유를 가져야 한다.
그 결과로 인상이 바뀌는 것이다."

얼마 전 친정 엄마에게서 전화가 왔다. "너
그 아이 생각나니? 딸 부잣집 말이야. 칠공주네 집, 글쎄 그 집 셋째가
이번에 아주 부잣집으로 시집을 간다는구나. 남편이 모 스포츠용품 사
업가란다. 시아버지가 그 지역 유지이고 말이야. 사람일은 정말 모르
겠구나. 다들 못 생겨서 시집도 못 갈 거라고 그렇게 놀렸었는데 말이
야."

오래 전 기억이 났다. 그 집에는 딸이 일곱이나 되었는데 다들 기가
막히게 예뻤다. 그런데 딱 한 명 셋째 딸만 안 예뻤다. 코도 납작하고
키도 작았다. 셋째 딸은 안 보고도 데려간다는 말은 사실이 아닌가 보
다 했다. 그런데 이렇게 시집을 잘 가는 거 보니 속담이 맞는가보다.
그 집 셋째 딸은 항상 웃는 얼굴이었다. 눈이 반달 모양으로 아예 구부

러져 있었다.

"못 생겼으니 웃기라도 해야지." 하며 어른들이 농담을 하기도 했다.

그런데 나중에 커서 꾸미니 몰라보게 예뻐졌다. 다들 용이됐다고 말했지만 나는 다른 생각이었다. 원래가 용이었다고 말이다. 다른 자매들이 예쁘긴 하지만 좀 쌀쌀맞게 생긴 것에 비해 그 아이는 웃는 얼굴이 참 보기 좋았다. 어른들도 제일 예뻐했다. 한 마디로 심성이 좋고 그게 얼굴에 드러나서 인상이 좋았다.

그 집 엄마가 한 번은 우리 집에 놀러 와서 하시던 말씀이 생각난다. 다른 자매들은 겉옷을 사달라고 하는데 셋째만 속옷을 사달라고 한단다. 그래서 보이지도 않는데 왜 신경을 쓰냐고 하면 그래야 자기 기분이 좋아진다고 했다는 것이다. 지금 생각해보면 셋째는 자존감이 높고 깐깐한 성격인 것 같다. 남들에게 보이는 부분에만 신경을 쓰는 게 아니라 자신에게 보이는 부분을 더 중시했다. 연애도 신중하게 하더니 좋은 신랑감을 데려왔다고 다들 칭찬을 한다.

〈바람과 함께 사라지다〉라는 고전영화가 있다. 영화 의상 준비를 하던 중 미국 남부지방 복장이 화려해서 제작비가 많이 들어갔다. 특히 치마를 크게 부풀려서 그 안에다 레이스 등을 잔뜩 장식해야 했다. 하루는 의상 담당자가 감독에게 제안을 했다. "감독님. 속치마는 안 보이니 대충 만들어도 되지 않을까요? 제작비 절감 차원에서 말이에요."

그러자 감독이 말했다. "관객은 모르지. 하지만 배우들은 알아. 진짜로 고급 속옷을 입었는지 안 입었는지 말이야. 도도한 상류층 귀부인 역을 해야 하는데 그런 표정과 연기를 하려면 속옷을 갖춰 입어야 해. 그래야 본인이 진짜 귀부인처럼 느껴져서 제대로 연기가 나온다고."

그렇다. 남들은 속일 수 있지만 자신은 속일 수 없다. 자신의 잠재의식 말이다. 잠재의식이 자신을 귀하게 여기면 현실과 쉽게 타협하지 않는다. '나는 최소한 이래야 한다'는 기준대로 사는 것이다. 연예인 중에서 안타까운 소식을 접할 때가 있다. 결혼을 너무 쉽게 하고 이혼을 하고 또 쉽게 다시 결혼을 하고 말이다. 얼핏 보기에도 인상이 안 좋은 남자랑 결혼을 한다고 생각하면 또 이혼을 했다. 참 사람 보는 눈이 없다는 생각이 든다.

잠재의식 속에서 나를 지배하는 생각이 무엇인가가 중요하다. 내가 대접을 받을 수 있는 사람인가, 아닌가 말이다. 그리고 그것은 무엇으로 드러나는가? 바로 '인상'이다. '내가 생각하는 나'를 우리는 인상으로 뿜어내고 있다. 그 사람에 대한 인상으로 우리는 이 모든 것을 판단한다. 그리고 남들에게 받는 대접이 어떠한지에 따라 사람의 운명이 바뀐다. 인상이 중요할 수밖에 없는 것이다.

J는 자신의 인상이 마음에 들지 않았다. 귀염성 있게 생긴 덕분에 직장에서 무시를 당한다는 생각 때문이었다. 얼굴이 동그랗고 눈도 동

그란데다, 특히 코가 아주 작고 귀엽게 생겼다. 소위 동안은 동안인데 너무 어린아이 같이 보여서 때로는 외부에서 온 사람들이 초등학생이 놀러온 줄 착각을 하기도 했다. 이런 일이 어쩌다 한 번이면 괜찮은데 자주 그런 일이 생기니 J에게는 콤플렉스로 작용했다. 무엇보다 어린 아이 같은 어린 이미지 때문에 자신의 업무성과가 과소평가되는 느낌이 들었다.

그래서 하루는 결심을 했다. 인상을 바꾸어 보기로 말이다. 그래서 휴가기간을 이용해 거금을 들여 성형수술을 했다. 콧날을 세우고 다듬은 것이다. 그 때 의사에게 주문한 것은 '예뻐 보이게'가 아니었다. 바로 '어른스러워 보이게'였다. J가 달라진 얼굴로 나타나니 다들 금방 눈치를 챘다. 하지만 J가 무안해할까봐 다들 얼굴살이 빠져 보인다고 말했다.

그 후 수술 효과는 확실히 나타났다. 다들 J를 전보다 어른스럽게 대접해주기 시작한 것이다. 초등학생으로 보는 사람들의 오해도 사라졌다. 업무에 있어서도 전보다 인정받게 되었다. 무엇보다 J자신이 만족스러워했다. 거울을 들여다 볼 때마다 자신이 전보다 성숙해진 느낌이 들어서다.

자신의 이미지가 마음에 들지 않는다고 성형수술까지 해야 하나? 하는 생각이 들 수도 있다. 하지만 수술 한 번으로 인생이 달라진다면 해볼 만하지 않을까? 화상으로 얼굴을 잃는 경우에는 성형수술을 해야 한다. 그걸 당연히 생각하는 이유가 뭘까? 정신적인 부분 때문이다. 화상으로 얼굴이 흉측해진 경우 마음마저도 황폐해지기 때문이다. 남들을 의식하기 전에 거울을 보는 자신이 '먼저' 말이다.

젊은 시절의 나는 한 마디로 인상이 안 좋았다. 사실 인상이 안 좋다기보다는 매력이 없었다고 해야 할 것이다. 사람에게서 풍기는 매력이라는 것은 매우 복합적이다. 말투, 걸음걸이, 표정, 음성, 옷차림, 성격 등등 말이다. 그 모든 것들이 어우러져서 그 사람이 매력이 있느냐 없느냐로 나뉜다. 내 생각으로 젊은 시절 나는 매사에 조급하고 자신감이 없고 부정적이었다. 누구라도 그런 사람 곁에 가고 싶지는 않을 것이다. 그래서 그런지 주위에 사람이 없었다. 주위에 친구들이 많은 사람들을 보면 대부분 매력이 넘쳤다.

주변에 사람들이 많이 모이는 사람들을 보면서 나도 매력적인 사람이 되고 싶었다. 내가 남편을 좋아하게 된 것도 순전히 '매력'이라는 요소가 작용했다. 남편에게 특출 나게 잘났다고 말할 수 있는 부분은 없었다. 그런데 어딘가 매력이 있는 것이었다. 훨씬 미남에 언변이 좋거나 조건이 좋은 남자들에게도 없는 매력이 말이다. 그 매력이 어디서 나오는 건지 탐구하려는 마음에 결혼까지 한 것 같다.

그 연구의 결과는 이렇다. 바로 자신을 사랑하는 마음이 강하다는 것이다. 그 근본적인 사랑이 자신감으로 표현되어 자신만의 매력이 만들어진 것이다. 남편과 오랫동안 살면서 나도 남편을 닮아간 것 같다. 표정이나 말투 등을 말이다. 친구가 그랬다. 학창시절보다 내 성격이 훨씬 안정되어졌다고 말이다. 그 안정감이 표정과 말투로 나타난 것이다. 그리고 결국 나도 인상이 좋은 사람이 되었다.

그 전에는 뭐든 빨리 하려고 하고 욕심이 많았다. 그런데 태평하기 그지없는 남편과 살다보니 나에게는 차츰 여유로움이 몸에 배게 되었다. 처음부터 그런 건 아니었다. 오랜 시간이 흐르면서 자연스레 변해온 것이다. 그 결과 젊은 시절에 자주 앓던 위장병도 사라지고 인상을 쓰던 표정이 부드러운 표정으로 바뀌었다. 전체적으로 인상이 부드러워졌다. 좋은 인상은 좋은 사람을 끌어당기고 좋은 일들이 일어나게 만든다. 얼마 전부터 나에게는 인복이 많아지고 있는데 그 인복은 좋은 운으로 작용하고 있다. '인상이 운명을 바꾼다' 는 생각이 든다.

자신의 인상이 맘에 안 든다면서 바꾸려고 노력하는 사람이 과연 얼마나 있을까? 인상을 바꾼다는 말에는 행동이나 마음가짐이 바뀐다는 의미가 포함되어 있다. 단순히 주름을 없앤다거나 체중을 줄이는 것과는 다르다. 인상을 좋게 바꾸려면 무엇보다 자신을 사랑하고 여유를 가져야 한다. 그 결과로 인상이 바뀌는 것이다.

우리나라 사람은 인상이 그다지 좋지 않다. 잘 웃지 않아서다. 자주 웃는 사람은 만만해 보인다는 선입견이 있어서일까? 그런 무표정하거나 화난 얼굴은 야박해 보인다. 내 마음을 조금이라도 남에게 빼앗기기 싫다는 신호처럼 보이기도 한다. 아니면 "웃을 일이 있어야 웃지?" 하면서 삶의 팍팍함을 한참 늘어놓을지도 모른다. 하지만 〈웃으면 복이 온다〉는 속담은 무엇이 먼저인지 분명하게 말해주고 있다. 먼저, 웃어야 복이 온다는 것이다.

이는 〈웃을 일이 있어서 웃으면 그 제서야 복이 온다〉는 말보다 희망적이다. 돈도 안 드는데 왜들 웃지 않을까? 이유 없이 웃는 건 실없어 보인다는 생각 때문일까? 차라리 속담을 선명하게 바꾸면 어떨까? 〈누구나 일단, 웃으면 복이 온다〉라고 말이다. 그러면 '누구나'라는 말 때문에 거리에 '미소천사'가 넘쳐날 것이다. 그깟 표정이 무어 그리 대수냐고 할지도 모른다. 그런데 무엇보다도 그 결과가 좋다. '운'이 좋아지니까 말이다.

04

세상에서 가장 강력한 것이 운이다

"세상에서 우리를 이끌고 가는 가장 강력한 것은
바로 '운'이다. 인간이 이 세상 모든 것을 지배할 수 있다고 해도
수명만은 어쩔 수 없다. 진시황도 결국은 죽었다.
우리 모두 강력한 운 아래에서 겸손해질 수밖에 없는 것이다."

　　　　　　　　몇 년 전 내 주위에 있는 몇 명의 갑작스런 죽음은 삶을 바라보는 새로운 시각을 제공해주었다. 한 명은 후배 남편이다. 믿고 의지하던 남편이 갑자기 죽음으로서 후배는 젊은 나이에 과부가 되었는데 후배의 말이 참 서글펐다. "언니. 난 남편의 얼굴이 생각나지 않아. 결혼생활 내내 그의 TV 보는 옆모습, 컴퓨터로 일하는 뒷모습밖에 본 게 없거든. 직장인으로선 열심히 살았지만, 가족과 즐거운 시간도 못 보내고 간 게 가슴이 아파."

후배는 평소 남편이 사랑한다는 말을 안 해준다고 늘 불만이었다. 그런데 투병 중 산소 호흡기에 의지하던 남편이 하루는 손가락을 움직였다. 후배가 곧 다가가니 손으로 무언가 쓰는 시늉을 했다. 그래서 연필과 종이를 갖다 주니 남편은 거기에다 썼다. '사랑해 그리고 아이들

만 두고 먼저 가서 미안해' 그리고 그 글은 남편의 유언이 되었다. 가슴 속에만 간직하고 있던 말을 결국은 하고 간 것이다.

또 한 명은 동생의 죽음이었다. 동생이 죽은 지 십 년이 넘었는데 아직도 나는 동생의 꿈을 꾼다. 내 꿈에 나타나 때론 싸우고 때론 함께 놀며 즐거운 어린 시절로 돌아가곤 한다. 동생은 33세 나이에 췌장암으로 세상을 떠났다. 동생은 당시 이벤트 회사를 운영 중이었는데 밤을 새우기 일쑤였다. 게다가 수금도 제대로 되지 않아 맘고생을 심하게 했다. 내가 일을 그만두라고 하면 그랬다.

"언니 나도 그만두고 싶어. 그런데 벌여 놓은 게 많아서 어떻게 정리해야 할지 모르겠어."

브레이크가 고장난 자동차처럼 달리기만 하던 동생, 일상의 행복을 모르던 동생이 참 가엾다는 생각이 든다. 나랑 나이 차이가 두 살 나는 동생과 나는 어릴 때부터 잘 싸웠다. 터프한 동생이 나를 이기려는 듯이 보여서다. 그런데 동생이 나를 좋아했다는 걸 나는 너무 늦게 알게되었다. 동생을 화장하고 온 날 동생의 남자친구가 나에게 그러는 것이었다.

"세정이는 언니 이야기를 많이 했어요. 자기가 참 좋아하는 언니라고요. 언니는 뭐든 재밌게 이야기한다고요."

'나를 좋아했다니, 나를…….' 동생은 나에게 왜 진작 말 해주지 않앉을까? 이 속 좁고 못 난 언니는 그것도 모르고 자주 삐져 있었는데 말이다. 장례식 날 화장을 해서 나온 동생의 작은 뼛조각들을 보면서 나는 속으로 이런 말이 되 뇌어졌다. '넌 항상 너무 시크했어. 그래도 나에게 좀 표현해주지 그랬니? 아냐. 언니가 잘못했구나. 사실 나도 너 좋아했는데, 왜 표현하지 못했을까? 못난 마음 때문에 그랬나보다. 살아있을 때 자주 보고 지낼 걸. 이럴 줄 알았더라면 맛있는 것 좀 많이 사줄 걸.' 그 뒤로 새로운 메뉴의 음식을 먹을 때마다 안타까운 생각이 들었다. 동생이 살아있었을 때는 이런 음식이 우리나라에 없었는데 하면서 말이다. 또 첫 아이가 한창 재롱을 부릴 땐 우리 딸을 유난히 예뻐했던 동생이 생각났다.

운명은 스스로 개척할 수 있다고들 한다. 그런데 죽음 같은 것만은 예외일 것이다. 아무리 열심히 막아내려 해도 어쩔 수가 없다. 만약 내가 내 수명도 마음대로 연장할 수 있다고 생각하면 교만함이 생길 것이다. 세상에는 이처럼 마음대로 되지 않는 일들이 있다. 세계의 경제 흐름이나 국내에서 일어나는 경제적인 여러 변수들도 개인에게는 심각한 타격이 될 수 있다.

며칠 전 한 젊은이가 죽었다. 정확히 알 수 없으나 최근 자금압박을 심하게 받았다고 한다. 아마 스트레스로 인한 죽음일 것이다. 그는 우리나라 음료계의 마이더스 손으로 유명한데 무리한 확장이 사업실패의 원인으로 꼽힌다. 사업이 잘 될 때 무리한 확장을 하지 말라고 주변에서 충고를 했었다고 한다. 그런데도 항상 운이 좋을 것으로 맹신했나 보다.

이 세상 모든 사람이 원하는 것이 다 이루어지려면 제 아무리 슈퍼컴퓨터라도 용량이 부족할 것이다. 인생은 사람들이 아무리 노력해도 원하지 않는 방향으로 가는 경우가 있다. 이럴 때 '어쩔 수 없는 불운'을 멋지게 잘 극복하는 능력, 그것이 중요하다. 나의 '어쩔 수 있는 행운'을 벌어서 열심히 메우면 된다.

영국의 한 우편배달부의 이야기는 자기가 할 수 있는 운이 어디까지인지를 보여준다. 한 우편배달부는 일이 즐겁지 않았다. 편지를 배달하는 일 자체가 하루 종일 먼 길을 걷는 것이라 고되기도 했다. 하지만 그가 주로 다니는 길이 풀 한포기 없는 황무지인 것이 문제였다. 일을 하면서 마음까지 황폐해졌던 것이다. 그래서 일을 그만두고 싶었지만 사정상 그럴 수가 없었다. 그 우편배달부는 어떻게 했을까? 황무지 길을 걷는 것이 어쩔 수 없는 자신의 운명이라며 꾹 참고 하루하루를 보냈을까?

그는 생계를 위해 어쩔 수 없이 그 일을 계속하기는 했다. 하지만 자신이 할 수 있는 한 행복을 만들어냈다. 주머니에 꽃씨를 갖고 다니며 배달 틈틈이 길거리에 뿌리기 시작한 것이다. 그러자 얼마 후에는 그 황무지가 아름다운 꽃길로 변신하게 되었다. 그리고 시간이 많이 흐른 지금은 유명한 관광단지가 되어 많은 사람들이 찾아오고 있다. 그 꽃길의 탄생비화를 들으면서 사람들은 그럴 것이다.

"나에게 주어진 나쁜 환경을 탓하기만 하지 말고 이렇게 개척하면 되겠구나."

우리에겐 이 우편배달부처럼 자신의 길을 황무지에서 꽃길로 바꿀 수 있는 길이 의외로 많을 것이다. 누구나 살다보면 큰 불운을 겪는 수도 있다. 만약 그 불운만은 내가 어쩔 수 없다면 내가 할 수 있는 부분에 최선을 다하면 된다. 그러면 불운을 상쇄하고도 남을 만큼 큰 복이 찾아오는 걸 종종 보게 된다.

밤에 곁에서 자던 남편이 갑자기 죽은 여자가 있다. 그 부부는 생전에 금슬이 무척 좋았었다. 그토록 사랑하는 남편을 잃은 후 그 여자는 일에만 몰두하여 큰 회사의 사장이 되었다. 평사원으로 입사한 회사에서 말이다. 나는 그 분을 보면서 '남편을 잃고 일에 몰두하더니 저렇게 성공하는구나.'를 느꼈다. 상실의 아픔을 멋지게 승화시킨 것이다. 그 분의 지조도 그렇고 일에서의 성공도 그렇고 모든 사람의 귀감이 되고 있다. 만약 그녀가 남편이 죽은 뒤에 자신의 운명 탓만 했다면 어떻게 되었을까?

이 여자 분처럼 어쩔 수 없이 오는 시련을 꿋꿋하게 이겨내고 잘 살아가는 것, 그것이 진정한 인생의 승리자라는 생각이 든다. 그리고 남편을 잃은 것 하나는 운이 나쁘다고 할 수 있지만, 그 뒤로 이겨낸 그녀의 능력을 보면, 또 회사에서 승승장구하는 그녀를 보면 결코 운이 나쁘다고 할 수 없다. 시련을 앞에 두고, '나는 이제 과연 어떻게 할 것인가?' 하는 자신의 선택이 중요한 것이다.

세상에서 우리를 이끌고 가는 가장 강력한 것은 무엇일까? 돈 사랑 이 모든 것은 죽음이나 천재지변같이 내 의지와는 상관없는 것들 아래 속수무책이다. 이 모든 것을 지배하는 것을 한 마디로 표현하면 무엇일까? 그것은 바로 '운' 이다. 가장 강력한 것 아래 우리는 겸손해져야 할 것이다. 이 세상 모든 것을 지배할 수 있다고 해도 수명만은 어쩔 수 없다. 진시황도 결국은 불로초를 구하지 못하고 죽었다. 아무리 권력이나 돈이 많아도 자신의 수명만은 어쩔 수 없다. 그렇다면 우리 모두 강력한 운 아래에서 겸손해질 수밖에 없는 것이다.

내가 '어쩔 수 없는 운'과 '어쩔 수 있는 운'이 골고루 섞여 있는 것, 이것이 인생이다. 내가 어쩔 수 없는 운에 대해 낙담만 할 것인가? 아니면 내가 할 수 있는 운을 최선을 다해 개척하는 사람이 될 것인가? 누구나 살다보면 태풍에 휩쓸리기도 하고 황무지를 만나기도 한다. 만약 인생의 황무지를 만났을 때 덤덤히 주머니에서 꽃씨를 꺼내어 그 황무지에 뿌리면 어떨까? 꽃씨를 뿌린 순간 그 길은 이미 황무지가 아니다. 얼마 지나지 않아 반드시 꽃밭이 되어 있을 것이다.

05

운의 흐름을 알면 인생의 판을 바꿀 수 있다

"우리는 인생에 있어서 고난의 파도가 밀려올 때
기를 쓰고 맞서려고 한다. 파도는 덩치로 보나 힘으로 보나
우리보다 훨씬 크다. 그 파도를 이기려는 마음 자체가 어불성설인 것이다.
파도타기에서는 타이밍이 가장 중요하다."

나는 간식으로 찐 옥수수를 좋아해서 동네 마트에서 자주 사 먹는다. 이 옥수수는 한 봉지에 세 개씩 들어 있고 가격은 3000원이다. 그런데 한 봉지를 사서 세 개를 다 먹게 되면, 어떤 것은 딱딱하기만 하고 맛이 없다. 또 어떤 것은 진짜 찰옥수수라서 쫄깃하고 말랑말랑 하다. 문제는 늘 두 가지가 섞여있다는 것이다. 한 개가 맛이 있으면 다른 두 개는 맛이 없든가, 한 개가 너무 맛이 없으면 나머지 두 개는 맛이 있는 식이다. 옥수수를 담는 사람이 일부러 골고루 넣는 것 같다. 맛있는 옥수수만 사오면 되겠지만 옥수수는 공산품이 아니니 복불복이다.

가끔 한 개만 달라고 하는 손님이 있다. 그러면 1500원이니 개당 단가가 더 비싸진다. 그렇게 한 개만 사가는 사람한테는 맛없는 게 걸릴

수 있나보다. 가끔 옥수수 판매대 앞을 지날 때 아줌마들이 하는 대화가 들린다.

"저 옥수수 살까? 맛있어 보인다."

"사지마. 전에 하나 사먹어 봤는데 진짜 맛없어."

한 개만 사먹어 보고 맛없는 옥수수라고 하기에는 기가 막히게 맛있는 옥수수가 항상 끼어 있는데 말이다. 나처럼 세 개씩 사는 사람은 적어도 한 개는 맛있는 옥수수를 먹어보는 것이다.

나는 맛없는 옥수수를 먹을 때가 오히려 마음이 편하다. 맛있는 옥수수로 끝마칠 수가 있으니 말이다. 만약 맛있는 옥수수가 먼저 걸렸다고 치자. 그러면 남은 옥수수가 맛이 없다는 것을 미리 알게 된다. 그러면 맛있는 옥수수를 먹으면서 마음이 영 편치가 않다. 처음에 맛있는 것을 먹었을 경우 입맛이 들어버려서 나머지는 버리는 경우도 있다. 안타깝게도 한 개만 사가는 사람은 이런 선택을 할 수조차 없다.

인생도 그렇지 않을까? 어려운 시간을 보내고 있을 땐 분명 다음에 좋은 일이 기다리고 있을 것이라는 희망을 가지면 된다. 또 좋은 일만 계속될 때는 조심해야 한다. 언제 어려운 일이 생길지 모른다. 인생에는 큰 흐름이라는 게 존재하는 것 같다. 그리고 그 흐름들 안에는 좋은 일들과 나쁜 일들이 골고루 섞여있다. 만약 그 흐름을 미리 알고 있다면 인생의 어려움을 이해하는데 도움이 되지 않을까? 평생 맛있는 옥수수만 골라 먹을 수는 없는 일이다.

작년에 같이 근무하던 직장동료 P가 사주팔자 보는 법을 알았다. 그러면서 내 사주를 보아 주었다. 내 사주를 한참 보던 P가 한숨을 쉬면서 지금까지 어떻게 살아왔느냐고 했다. 하는 일마다 안 되고 건강도 안?좋았을 거라고 했다. 내가 맞는다고 했다. 그랬더니 내년부터는 괜찮다고 말했다. 대운이 열릴 것이기 때문이란다.

P의 말대로 내 건강은 작년에 최악이었다. 그동안 안 좋았던 자세가 누적된 것인지 심한 목 디스크에 걸려서 오랫동안 치료를 받았다. 또 원인 모를 피부병에 걸려서 심하게 고생을 했다. 게다가 준비하던 일들이 모두 성사되지 않아서 낙심하던 차였다. 그런데 P가 한 마디 하는 것이었다. "이제 고생은 다 끝나요."

그 말이 맞는 건지 올해 들어서 여러 가지 경사가 겹치고 있다. 남편 회사도 큰 투자를 받아서 새로운 도약을 하고 있고, 나는 평생 꿈꾸던 작가의 길로 접어들었다. 이미 공저 두 권이 나왔고 개인 저서를 준비 중이다. 작년까지는 시도를 해도 이루어지지 않던 일들이다. 건강도 최상이고 금전적으로도 호재가 많이 생겼다.

그렇다면 작년은 내게 불필요한 날들이었는가? 아니다. 아이러니한 것은 최악의 불운이 겹쳤던 작년이 없었으면 올해도 없었다는 것이다. 모든 일이 올해 다 이루어진 것처럼 보이지만 작년에 열심히 준비한 결과가 올해 비로소 나타난 것이다. 겉으로 나타나는 결과는 잠깐이지만 그 결과가 나타나기까지 준비하는 기간은 길다. 우리는 종종 그 과정이 불필요하다는 착각을 한다. 그러다보면 결과가 나타나는 해만 운이 좋은 것이라 생각하는 것이다. 이처럼 과정과 결과가 끊임없이 흐름을 타고 반복되는 것, 그것이 인생이다.

인생의 흐름 안에는 나쁘다고 생각하는 것들이 오히려 좋은 운을 유지시키는 역할도 한다. 나는 서른 살 이후로 살이 찌는 체질로 바뀌었다. 그러자 무릎이 안 좋아지기 시작했다. 무릎의 통증은 눈금이 그어져 있는 것처럼 정확했다. 내가 일정 몸무게만 넘어가면 오른쪽 무릎, 또 일정 무게가 또 넘어서면 왼쪽 무릎, 이렇게 차례로 적신호가 켜지는 것이다. 그러다가 나중에는 계단을 오를 때 아프고, 몸무게가 최고치를 갱신하고 나면 평소에 걸을 때도 무릎이 아프다. 그러면 이 통증이 나에게 나쁘기만 할까? 나는 무릎에 적신호가 켜지면 그 제서야 비로소 먹는 것을 절제하고 운동을 시작한다.

외형상 옷맵시가 안 나서 살을 빼야 할 시기는 2, 30대이다. 나이가 들면 이런 이유로 목숨을 걸고 살을 빼지는 않는다. 나이가 들고 나서 10킬로그램 이상 독하게 살을 뺀 사람들은 대체로 건강상의 이유로 살을 뺀다. 지방간 수치가 너무 높게 나와서, 혈중 콜레스테롤 수치 때문에, 허리가 안 좋아서 등등 말이다. 자기가 건강을 잃으면 가족들이 힘들어진다는 책임감 때문에 그 어려운 걸 해낸다.

평소에 건강한 사람은 진짜 건강한 것이 아니라 건강 이상 신호체계가 무딘 것일 수 있다. 좋은 성능의 신호체계는 끊임없는 흐름을 타고 우리에게 경고장을 날리기도 하고, 엉덩이를 두드려 주며 보상을 해주기도 한다. 무리를 하면 몸에 이상이 나타나는 약골이 어떤 면으로는 건강을 유지시키는 데 유리하다.

사주팔자나 역학을 보는 사람들 말에 의하면 사람은 태어난 날과 시에 따라 어떤 흐름을 타고 살아갈지 큰 그림이 결정된다. 하지만 잔가지들은 본인의 노력 여하에 따라 달라진다고 한다. 거의 동시에 태어난 쌍둥이라도 본인의 노력 여하에 따라 운명이 달라진다. 사주의 그림은 흐릿한 형체만 있을 뿐이다. 그 안에 어떤 내용을 채워 넣는지에 따라 그 형체가 분명해지는 것이다.

특히 좋은 때와 나쁜 때를 알고 있는 것은 중요하다. 새로운 일을 시작하거나 중요한 결정을 내릴 때 좋은 시기에 하는 것이 확률을 높인다. 일이 잘 안될 때도 있다. 이때는 낙담하지 말고 이 시기만 지나면 좋을 수 있다고 위안을 삼아야 한다. 흐름을 모르면 어떻게 되는지 극단적인 예를 들어보자. 예를 들어 안 좋은 시기에 사업을 확장해서 실패를 한 사람이 자살을 했다. 그런데 그 해만 지나면 대운이 열려서 사업을 크게 일으킬 수 있는 운이었다고 하면 어떻게 될까? 실제로 그런 일은 헤아릴 수 없이 많다. 인생의 큰 흐름을 미리 알고 있었다면 막을 수 있는 일들이다.

미국에 사시는 분에게서 들은 이야기다. 미국에는 파도타기를 가르쳐 주는 학교가 있다. 그 학교에서는 파도타기를 할 때 강조하는 것이 있는데, 그것은 파도 타는 기술이나 파도에 맞서는 힘이 아니다. 중요한 것은 파도가 밀려올 때 그 크기를 가늠하여 파도에 몸을 잘 맡기는 것이란다. 그 파도에 맞서서 꼿꼿이 서 있으려는 마음을 가지면 오히려 파도에 파묻혀 허우적댄다고 한다.

파도는 덩치로 보나 힘으로 보나 우리보다 훨씬 크다. 그 파도를 이기려는 마음 자체가 어불성설인 것이다. 파도타기에서는 타이밍이 가장 중요하다. 파도와 싸우는 게 아니라 오히려 파도와 한 편이 되어 그 리듬을 타는 것이다. 파도와 내가 한 편이 되려면 어떻게 해야 하는가? 마음을 비워야 한다. 자신의 힘만 믿는 경우 낭패를 볼 수 있다. 거대한 파도 앞에서는 겸허히 자신을 내어 맡겨야 하는 것이다.

파도타기는 우리가 인생의 파도를 맞이할 때와 같다. 우리는 인생에 있어서 고난의 파도가 밀려올 때 기를 쓰고 맞서려고 한다. 나도 젊을 때 그랬었다. 계획하던 일이 좌절되면 오랫동안 방황하면서 기를 쓰고 그 파도를 넘어보려고 했다. 많은 시간이 흐른 지금은 무슨 일이든 적합한 시기가 있다는 생각이 든다. 일이 안 될 시기에는 기다리면서 기량을 갈고 닦는 것이다. 그것은 파도타기 학교에서 평소 체력을 키우고 평형감각 등 기술을 갈고 닦는 것과 같다. 그리고 파도가 오면 한 몸이 되어 몸을 내어 맡기면 된다.

'인생'이란 파도를 잘 탄다는 건 어떤 것일까? 일이 잘 될 때와 안 될 때에 맞추어서 그에 맞게 흐름을 타는 것이다. 어쩔 수 없이 인생의 큰 파도가 밀려왔을 때 맞서지 말고 평소 갈고 닦은 기량을 발휘하는 서퍼! 즉 꿋꿋하게 서서 중심을 잃지 않는 서퍼! 보기만 해도 멋지지 않은가?

06

행운과 불운을 만드는 것은 나 자신이다

"자기 인생에 대해 불안해하는 사람들이 있어서 점집이 잘 된다.
하지만 미래를 맞추는 것은 현재의 연장선상에서 해석하는 것이다.
모든 행운과 불운을 포함해서 내 운명을
디자인하는 것도 만들어 나가는 것도 결국은 나 자신이다."

나는 어렸을 때부터 줄곧 기독교인이다. 그런데 어느 순간부터 손금의 달인이 되어 있었다. 내가 손금에 관심을 갖게 된 계기가 있었다. 대학교 2학년 여름방학 때였다. 그 때 나는 은행에서 인사하는 아르바이트를 하고 있었다. 그런데 어느 날 한 할아버지 고객이 나에게 손짓을 하며 오라고 하셨다.

그 분은 은행에 자주 오시던 분으로 은행 지점장도 나와서 인사를 하는 그 지역의 유지였다. 은행 바로 앞에서 동양철학관을 운영한다고 하셨다. 그 분이 나에게 가까이 오라고 하시더니, "대학생이냐? 무슨 학교냐?" 하면서 이것저것 물어보셨다. 멀리서 보니 관상이 너무 좋다는 것이었다. 나중에 여류 명사로 크게 성공할 상이라고 하셨다. 손도 내밀어 보라고 하시면서 손금도 무척 좋다고 하셨다.

그 해에는 그런 일이 여러 번 있었다. 어떤 할머니를 만났는데 나보고 운이 매우 좋은 사람이라고 했다. 또 명동에서 가게를 운영하시는 분께서 나보고 크게 될 얼굴이라고 하기도 했다. 한 번은 이런 일도 있었다. 정독도서관 어귀에 돗자리를 깔아놓고 사주, 손금을 보아주시는 할아버지가 있었다. 그때 호기심이 생겨서 얼마냐고 물어보았다. 사주 보는데 500원, 손금 보는데 500원 합쳐서 1000원이라고 했다. 곧 1000원을 내고 손금을 보는데 할아버지가 말씀하셨다. "귀한 분이 오셨네. 사주도 좋고 손금이 기가 막혀. 여자로서 크게 될 상이야."

그 때 앞서 손금을 보았던 남학생이 서운하다는 듯이 말했다. "저는 500원 짜리를 보아서 손금이 안 좋다고 하신 것 아닌가요?" 그러자 할아버지는 화를 버럭 내셨다. 그러면서

"자네는 그냥 근근이 살아갈 팔자야. 사고나 치지 마."

몹시 좌절하던 남학생의 모습이 지금도 눈에 선하다.

나는 그 해에 하늘을 날아오를 기세였다. 여기저기서 좋은 소릴 들었기 때문이다. 그리고 그 뒤로 손금에 관심이 생기게 되었다. 사주역학은 어려워 보여도 손금은 쉽게 배울 수 있을 것 같았다. 그 뒤로 여러 군데서 손금을 배웠다. 미팅에 나가면 손금을 봐주는 남학생들이 있다. 사실은 여학생 손 한 번 잡아 보는 게 목적이지만 말이다. 그런 얄팍한 손금 기술을 전수받기도 했고 손금 관련 책을 뒤져보기도 했다. '중국 손금'이라고 하는 것도 배워 보았고, 나에게 '미국 손금'을

가르쳐준 사람도 있었다.

그 당시 나는 학교에 다니는 것을 무척 괴로워했다. 초등학교 교사
가 되기 싫었는데 교대를 다니고 있었으니 말이다. 게다가 좋은 예언
들이 나에게 집중적으로 쏟아지니 내 열정에 성냥불을 그어댄 것이나
마찬가지였다. 그 예언은 위로의 역할을 하기도 했다. '언젠가 여류명
사가 되니 조금만 참자.'라는 생각이 들었던 것이다. 그 뒤로는 교사
가 되는 것보다는 여류명사가 되는 길이 언제 열릴까? 에만 관심이 있
었다.

결국 나는 발령 받은 지 1년이 조금 지나서 교사를 그만두게 되었다.
그 뒤로 여류명사가 되기 위해 무던히 노력했다. 그런데 그 길은 가까
워 보였다가 멀어 보였다가 했다. 상해에서 우리 회사가 거침없이 성
장하자, '이게 바로 그 말이었구나.' 생각했다. 그런데 얼마 후 세계적
인 금융위기로 인해 회사가 어려워졌다. 그러자 '나는 대체 언제 여류
명사가 되나?' 로 다시 고민하게 되었다.

나는 한국에 돌아온 이후 다시 교사를 하게 되었다. 늦은 나이에 직
장생활을 하는 일은 쉽지 않았다. 특히 인간관계가 어려웠다. 그 때 나
는 비장의 무기를 꺼내들었다. 바로 사람들의 손금을 보아 주는 것이
었다. 그렇게 해서 많은 사람들의 손금을 보게 되었다. 지금까지 대략

3천명은 본 것 같다. 그리고 30년 가까이 많은 손금을 접하다보니 나만의 통계가 생기기 시작했다. 그 후 내가 보아준 내용이 진짜 맞았다고 하는 사람들이 점점 늘어났다.

몇 가지 유명한 일화가 있다. 하루는 결혼한 지 얼마 안 된 여선생님의 손금을 보아주다가 이혼수가 있다고 솔직하게 말해버린 것이다. 그러자 갑자기 주변 분위기가 싸했다. 그런데 실제로 1년 뒤 이혼했다는 소식이 들려왔다. 그 사건 하나로 나의 명성은 날로 높아갔다. 또 한 가지 기억나는 게 있다. 중년의 여자 분에게 바람기가 있다고 말해버렸다. 그랬더니 사실 자기가 지금 바람을 피우고 있다고 털어놓아 나를 당황시켰다. 그 뒤로 나에게 수시로 와서는 눈물로 호소했다. 남편이 바람을 하도 피워서 자기도 복수했는데 얼마 전 헤어졌다고 말이다.

나는 본의 아니게 남들의 고해성사를 듣게 되었고 위로를 해주기도 했다. 이런 일들을 통해 손금 보는 것 하나로 사람의 마음을 치유하기도 한다는 것을 알게 되었다. 아무리 행복해보이는 사람들도 모두 내면에 상처가 있었다. 그리고 다들 앞으로 자기가 어떻게 될지 궁금해했다. 지금 와서 고백이지만 미래는 아무도 모른다. 지금까지 살아온 내용이 손금이나 얼굴에 기록이 되어 있을 뿐이다. 생활습관이나 사고방식이 바뀌지 않는 한, 지금처럼 살아갈 확률이 높다는 것을 알려준 것이다. 즉 예언이 아니라 현재까지의 기록을 알려주는 것뿐이다.

사람마다 기본적인 성향을 타고 나긴 한다. 예를 들어 예민한 사색형 성격과 운동선수 형 등은 손금에 나타난다. 그리고 건강 선이 뚜렷하고 길게 난 사람이 있고 약하게 난 사람이 있다. 그런데 그 외의 부분들은 해석하기에 따라서 천차만별의 손금해석이 나온다. 그리고 건강이나 성격도 마음먹기에 따라 바꿀 수가 있다. 운동을 열심히 해서 근육을 키우면 손모양도 바뀌고 손금도 바뀐다. 즉 예언에 너무 매달리지 말아야 한다.

점 보는 걸 유난히 좋아하는 선배가 있었다. 그 선배는 서른이 넘도록 연애를 못하다가 유부남이랑 사랑에 빠지게 되었다. 그런데 부인이 눈치를 채자 남자가 그만 만나자고 했다. 실의에 빠진 선배는 직장도 그만두고 매일 술로 보냈다. 그러던 어느 날 최근 신이 내렸다는 점쟁이를 찾아가게 되었다.

그 점쟁이는 선배를 보자마자 대뜸 말했다.

"실연당했지?"

"맞아요. 한 달 됐어요."

"만나면 안 될 사람이네."

"어떻게 아셨어요? 유부남이에요. 그런데 부인이 알아챘어요."

"남자는 부인에게서 절대 못 벗어나."

"그럼 어떻게 하죠?"

"뭘 어떻게 해. 300만원만 가져와 굿하게"

"그럼 저에게 돌아올까요?"

"그럼"

이렇게 해서 그 선배는 300만원을 갖다 주고 굿을 했다. 점쟁이 말대로 그 남자가 부인과 이혼하고 선배와 결혼했을까? 나중에 들은 내용인데 그 선배는 부인에게 호되게 야단만 맞고 그 남자랑 다시는 못 만났다고 한다. 300만원만 날린 것이다. 굿의 효과를 떠나서도 그 점쟁이가 과연 용하다고 할 수 있을까?

선배는 누가 봐도 "나 실연당했어요." 라고 씌어있는 얼굴로 점쟁이에게 갔다. 또 점쟁이가 첫마디를 한 뒤로는 선배가 줄줄 말을 해버린 것이다. 그 점쟁이가 결코 용하다고 말할 수 없는 대목이다. 사람들은 자기 인생에 대해 불안해한다. 그래서 점집이 잘 되는 것이다. 하지만 본인이 어떻게 살아가느냐에 따라 결과로 남는 것이 손금이나 점이다. 미래를 맞춘다는 것은 결국 현재의 연장선상에서 해석하는 것이다.

나는 대학생 때 들은 여류명사가 될 거라는 예언이 평생토록 좋은 자극제가 되었다. 그 덕담은 일이 안 풀릴 때도 언젠가 되리라는 확신을 갖게 해주었고, 매사에 열심히 사는 원동력이 되었다. 일이 안 풀릴 땐 이런 식의 자기 암시가 큰 힘을 발휘하는 걸 본다. 그러나 지금 무언가 이루었다면, 그건 내가 노력한 결과이지 그 예언 때문만은 아니다. 만약 여류명사가 된다는 말만 믿고 아무것도 안 하고 빈둥거렸다면 어떻게 되었을까? 원하는 인생에서 한참 멀어졌을 것이다. 결국 모든 행운과 불운은 다른 누구도 아닌 내가 만들어나가는 것이다.

07

지금 당장 운을 벌기 위해 노력하라

"나는 금전적인 저축에는 젬병이지만 '경험저축'에는 자신이 있다.
또 하나 열심히 저축하는 것은 '좋은 인상'이다.
순간의 소소한 행복들, 투명한 슬픔, 뜨거운 열정, 저릿한 감동의 순간들만
고이 저축해오고 있다. 바로 내 얼굴에."

"대관령 숲 속에 있는 펜션 예약해놨어. 올 거면 말해." 오랜 만에 친구에게서 연락이 왔다. 반가운 마음에 가겠다고 하고는 걱정이 되기 시작했다. 등산 마니아인 친구와 같이 산에 오를 생각을 하니 말이다. 나는 등산에 관한 안 좋은 기억이 많다. 산을 못 타서 같이 간 사람들에게 항상 불편함을 끼치곤 했다. 그래서 먼저 어떤 산인지 물어보았다. 친구 말이 대관령은 별로 험하지도 않고 천천히 오를 거니까 걱정 말라고 했다. 그래도 불안한 마음을 안고 떠난 등산이었다.

친구는 역시나 산을 운동장 삼아 날아다녔다. 나도 생각보다는 힘들지 않은 편이었다. 2, 3시간 걸리는 대관령을 6시간 정도 걸려서 올라갔기 때문이다. 이런 등산은 꽃을 보기 위해서, 아니면 공기 좋은 데서

대화하기 위해 산을 잠시 빌린 것이라고 말할 수 있다. 산을 오르는 동안 친구는 산등성이의 꽃들의 사진을 찍거나 코를 깊게 박고 냄새를 맡기도 했다. 나는 난생 처음 보는 꽃들이 많았는데 대부분 친숙한 이름들로 모두들 자기만의 특징과 매혹적인 자태를 지녔다.

그 꽃들은 의외로 향이 강하지 않았다. 그 때 문득 그런 생각이 들었다. 산 속에는 많은 꽃들이 모여 있으니, 배려차원에서 각자 적당한 향만을 내뿜고 있다고 말이다. 쓰레기더미 속의 장미꽃은 향이 강하다고 한다. 주변의 역한 냄새 속에서 자신의 향기를 퍼뜨리기 위해서다. 그러나 산 속의 꽃들은 굳이 그럴 필요가 없는 것이다.

산을 다니면서 산꽃의 성향을 닮아가는 것일까? 친구는 목소리가 크지 않으면서도 자기만의 견해를 조곤조곤 말하곤 한다. 그리고 보니 산 속에서 마주치는 등산객들도 하나같이 그 친구를 닮았다. 눈이 마주치면 반갑게 인사를 나누었다. 속으로 그러는 것 같았다. "오늘 나무가 참 예쁘네요. 꽃향기도 좋고요."

전엔 등산이라고 하면 에베레스트가 떠올랐다. 무조건 오르고 보는 의미로의 산, 말 그대로 登山이다. 그런 의미로 갈 땐 길가의 나무나 이름 모를 꽃들에게 관심을 가질 수가 없다. 그러다 보니 등산 고수들이나 체력이 좋은 사람들 외에는 '등산'이라고 하면 부담이 된다. 산에 오르다가 도중에 지쳐서 내려오면 어떤가? 그 정도만 올라도 본 것, 느낀 것이 많은데 말이다. 굳이 정상에 올라서 "야호"를 외쳐야 산을 정복한 걸까? 모든 것을 품고 있는 산에 기대어 휴식을 취해보는 것, 그 자체로도 위로가 되지 않을까?

이근후 이화여대 명예교수는 《나는 죽을 때까지 재미있게 살고 싶다》라는 책에서 인생의 좌우명을 '최선이 아닌 차선을 살자' 라고 말한다. 인생을 그토록 열심히 사신 분의 말씀이라고 생각되지 않는 말이다. 하지만 듣고 나면 고개가 끄덕여진다. 즉, 최선을 다해 아등바등 살다보면 늘 1등, 최고를 추구하게 되고, 경쟁심만 부추길 뿐 행복감을 주지는 못한다는 것이다.

이 노학자는 젊었을 때 히말라야 산에 거뜬히 올랐었다. 하지만 당시에도 산을 정복했다는 사실보다는 산을 오르는 과정에서 기쁨을 느꼈었다고 한다. 산을 대하는 그의 마음가짐은 나이가 많이 든 지금도 변함없이 이어진다. 노쇠한 육체를 원망하지 않고, 체력이 되는대로 산 중간이나 초입만이라도 올랐다가 내려온다. 그 정도도 여의치 않을 때는 그의 삼청동 연구실에서 인수봉을 바라보며 만족한다. 얼마나 명쾌한 삶의 방식인가?

대관령 산행 중 친구가 했던 말이 떠오른다. 내가 "중간에 너무 지치면 어쩌지?" 하니까, "그럼 산 속 오두막에서 자고 다음날 내려오지 뭐. 어차피 하루 여유 있게 왔잖니?" 하며 미소 짓는다. 나는 속으로 외쳤다. '그래. 우린 하루 여유가 있었지.' 내가 산에 대해 그동안 가졌던 공포심은 체력 때문이 아니었다. 빠른 시간 안에 정상에 올라야 한다는 강박관념이 문제였던 것이다.

나는 이번 대관령 등산을 계기로 등산에 대한 공포심이 사라졌다. 어떤 산인들 어떻고 어디까지 갔다 오면 어떤가? 등산장비를 갖추고 유명한 산의 정상까지 갔다 오는 건 부담스럽다. 하지만 동네 뒷산이라면 가볍게 다녀올 수 있다. 그 산도 산은 산이니까 말이다. 우리의 인생도 마찬가지다. 모든 것이 완벽했을 때 움직인다고 했다가 아무것도 못하는 경우가 많다.

대학 다닐 때 존경하던 은사님이 계셨다. 그 교수님을 따르던 나는 졸업 후에 꼭 찾아뵈려고 했었다. 그런 날은 결국 오지 않았지만 말이다. 몇 년 전 일이다. 어느 날 갑자기 그 은사님이 보고 싶었다. 곧 학과 사무실로 전화를 해서 교수님 좀 바꿔 달라고 했다. 그랬더니 여직원이 떨리는 목소리로 말했다. "누. 누구세요? 교수님 어제 돌아가셨는데요."

나는 순간 소름이 끼쳤다. 갑자기 생각이 나서 전화를 했는데 돌아가셨다는 것이다. 그 여직원은 얼마나 놀랐겠는가? 방금 돌아가신 분을 찾으니 말이다. 나는 그 말을 듣자. 너무 죄송하고 슬펐다. 그 교수님은 나더러 졸업 후에 꼭 찾아오라고 하셨다. 그래서 최대한 멋진 모습으로 찾아가려고 했는데, 결국 평생 한 번도 뵙지 못하게 되었다.

사람들이 연초에 하는 계획도 이와 비슷하다. '하루에 2시간씩 매일 운동하기'가 그렇다. 어쩌다 운동을 하루만 빼 먹어도 아예 포기해버린다. 전체 계획을 크게 잡더라도 세부적인 계획은 실천하기 쉬운 것으로 쪼개는 게 좋다. '매일 저녁 침대에서 윗몸 일으키기 20번'처럼 말이다. 그렇게 조금씩 실천하다 보면 언젠가 많은 운동량을 소화하게 될 것이다. 행운, 행복, 운, 이런 것들도 사실 거창한 것보다는 일상 속의 작은 것들이 모여서 이루어가는 걸 느낀다.

나는 튀김을 자주 해먹는데 요리 중 뜨거운 기름에 손을 데이는 적이 많다. 그런데 어제 마트에 가서 긴 나무젓가락을 발견하고는 무릎을 쳤다. 그 동안 나는 일반 길이의 나무젓가락으로만 튀김을 해왔던 것이다. 일반젓가락은 길이가 짧아서 튀김 팬에서 가까워 그동안 손을 자주 데었었다. 1000원 하는 긴 젓가락만 샀어도 문제가 없는데 말이다. 이렇듯 우리는 사소한 것에 신경을 안 써서 불편한 대로 사는 일이 많다.

누구나 행복을 꿈꾼다. 그런데 의외로 행복은 이렇듯 작은 일상에서 비롯된다. 언제 올지 모르는 대박 운만 기다릴 것인가? 아니면 작은 팁들을 찾아내어 일상의 기쁨을 누릴 것인가? 당장 주변에서 실천할 수 있는 것부터 찾아보자. 그것은 더 크게 운이 트일 확률을 높이는 길이다. 작은 운이라도 알뜰하게 모아서 먼저 현재의 행복을 즐기는 일, 이것은 앞으로 우리 사회가 추구해야 할 새로운 패러다임이 아닐까?

우리나라가 당장 먹고 사는데 만 급급하던 시절이 있었다. 그 때는 표정이 어떻고 인상이 어떻고 하는 말이 사치처럼 보였다. 내일의 달콤한 마시멜로를 먹기 위해 쓴 나물을 먹던 사람들, 그들에게 인상 좀 펴라고 하면 욕을 했을지도 모른다. 그런데 미래의 마시멜로를 위해 현재의 행복을 포기하는 게 과연 옳은 일일까?

이제 발상을 전환해보면 어떨까? '지금! 바로! 행복하자' 로 말이다. 이제 마시멜로는 참지 말고 먹어야 한다. 대신 칼로리도 낮고 이빨에도 안전한 무설탕 마시멜로로 말이다. 거기에 더해 비타민이나 영양제 등을 넣는 것이다. '비타민 마시멜로' 라면 지금 먹어도 된다. 그렇게 되면 사람들의 표정이 한결 밝아지고, 인상이 좋아지지 않을까?

나는 젊은 시절부터 줄곧 미래의 모습을 상상하면서 지내왔다. 그럭저럭 살다가 죽는 순간에 후회하는 삶은 끔찍하게 느껴졌다. 그래서 젊은 시절 할 수 있는 한 다양한 경험을 해 보았고 많은 사람들을 만나왔다. 남들이 보기에 안락한 생활과는 거리가 먼 시간들이었다. 그동안 지루할 틈은 없었지만 잃은 것도 많았다. 하지만 후회하지 않는다. 나만의 고유한 삶의 방식, 즉 행복한 삶의 방식을 완성해왔기 때문이다.

우선 매일 매일이 행복하다. 갱년기 나이인데도 말이다. 광고에 등장하는 갱년기 여성의 우울증은 나와 거리가 멀다. 나이가 들수록 열정적으로 변해가서 감당이 안 될 정도다. 매일 내가 나아지고 있다는 뿌듯함, 더욱 멋진 여성이 되어간다는 자신감, 이것은 아마 젊은 시절부터 다양한 경험과 깨달음의 희열을 저축해온 결과일 것이다.

평생 통장에만 저축하는 사람들을 본다. 나는 금전적인 저축에는 젬병이지만 '경험 저축'에는 자신이 있다. 삶에 있어서 경험만큼 값진 것은 없다고 본다. 또 하나 열심히 저축하는 것이 있다. 바로 '좋은 인상'이다. 나는 몇 년 전부터 순간의 소소한 행복들, 투명한 슬픔, 뜨거운 열정, 저릿한 감동의 순간들만 고이 저축해오고 있다. 바로 내 얼굴에 말이다. 조급함, 시기심, 원인모를 불안감 등은 내 통장에서 제외된다.

부디 사람들이 많이 경험하고 많이 깨닫고 많이 사랑했으면 좋겠다. 그러면 행복한 사람들이 지금보다 많아질 것이다. 그래서 모르는 사람과 눈이 마주쳐도 서로가 미소 지을 수 있는 사회가 되었으면 좋겠다.

대관령 산행 중 친구가 했던 말이 떠오른다.
내가 "중간에 너무 지치면 어쩌지?" 하니까,
"그럼 산 속 오두막에서 자고 다음날 내려오지 뭐.
어차피 하루 여유 있게 왔잖니?" 하며 미소 짓는다.
나는 속으로 외쳤다. '그래. 우린 하루 여유가 있었지.'
내가 산에 대해 그동안 가졌던 공포심은
체력 때문이 아니었다.
빠른 시간 안에 정상에 올라야 한다는
강박관념이 문제였던 것이다.